サウルスストリート

エラスモサウルス 救《きゅう》出《しゅつ》大《だい》作《さく》戦《せん》！

ニック・フォーク　作
浜田かつこ　訳
K-SuKe　画

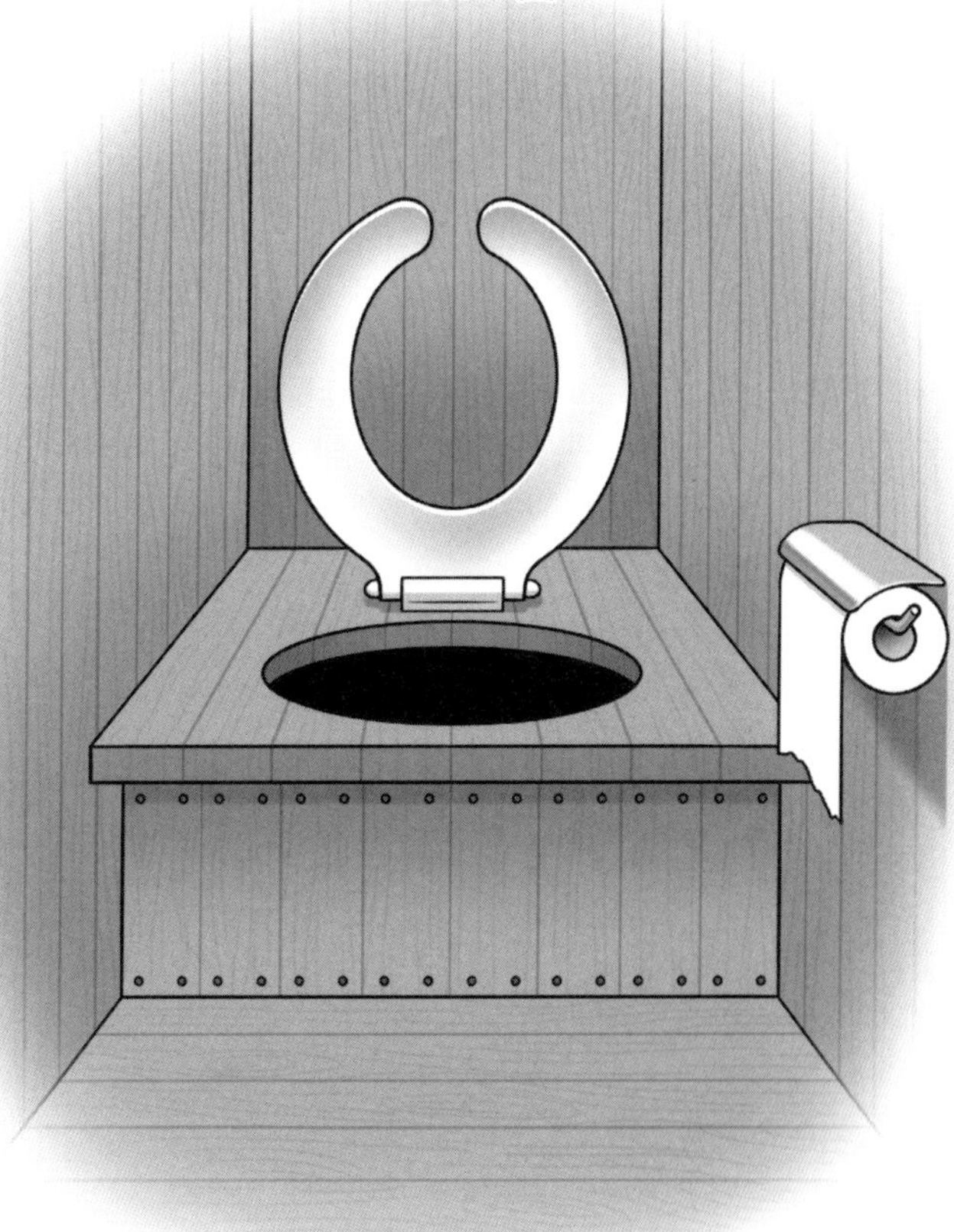

サウルスストリート　エラスモサウルス救出大作戦《きゅうしゅつだいさくせん》！

第《だい》1章《しょう》　庭《にわ》のトイレ……5
第《だい》2章《しょう》　おじいちゃんとおばあちゃん……13
第《だい》3章《しょう》　魔女《まじょ》の時間……20
第《だい》4章《しょう》　トイレの底《そこ》から湖《みずうみ》へ……28
第《だい》5章《しょう》　サウルス湖《こ》のモンスター……34
第《だい》6章《しょう》　エリーとモリー……45
第《だい》7章《しょう》　パースニップの計画……55

第《だい》8章《しょう》　エリーを救《すく》え!!……64
第《だい》9章《しょう》　作戦開始《さくせんかいし》……71
第《だい》10章《しょう》　ビッグバン級《きゅう》の大爆発《だいばくはつ》!?……78
第《だい》11章《しょう》　TNT《ティーエヌティー》火薬《かやく》……87
第《だい》12章《しょう》　サウルス号《ごう》、出航《しゅっこう》……94
第《だい》13章《しょう》　ほんとうのモンスター……102
第《だい》14章《しょう》　しょうがが入りクッキー……108
第《だい》15章《しょう》　さよなら、エリー……120
第《だい》16章《しょう》　真夜中《まよなか》の窓辺《まどべ》で……125

忍耐《にんたい》強く校正してくれたジェフへ。
そして、いつも励《はげ》ましつづけてくれた母さんと父さんへ。

ニック・フォーク

SAURUS STREET
A plesiosaur broke my bathtub
by Nick Falk

First published by Random House Australia Pty Ltd, Sydney, Australia.
This edition published by arrangement with Random House Australia Pty Ltd.
through Motovun Co. Ltd., Tokyo.
Japanese edition published by KIN-NO-HOSHI SHA Co. Ltd., 2017

第《だい》1章《しょう》　庭《にわ》のトイレ

ぼくは、おじいちゃんちの庭《にわ》にあるトイレがこわい。理《り》由《ゆう》は三つある。

一つ目は、ドアが開《あ》かなくなって、一生、閉《と》じこめられるかもしれないから。

二つ目は、いろんな虫がすみついているから。

三つ目は、トイレに底《そこ》がないから。これがトイレがこわい、いちばんの理《り》由《ゆう》だ。

おじいちゃんちのトイレは、ふつうの水洗《すいせん》トイレじゃない。真《ま》っ暗《くら》な大きい穴《あな》の上に、便器《べんき》を取《と》りつけているだけなんだ。あのトイレの下になら、なんだって姿《すがた》をかくせるだろう。魔女《まじょ》とかオオカミ男とか、でっかい牙《きば》のあるおそろしい緑《みどり》の水生《すいせい》モンスターでも。

いっとくけど、ぼくは弱虫じゃないよ。九さいだし、くつのサイズも二十五・五センチ。九さいにしては大きいほうだ。あんなトイレが平気《へいき》なのは、ぼんやりしたまぬけだけさ。

ぼくは音をたてないように、ゆっくりと庭《にわ》の小道を歩いていった。魔女《まじょ》やオオカミ男が姿《すがた》をかくしわすれていたら、こまるからね。ゆっくり歩いてれば、たとえ見かけても、よゆうでにげられるだろう?

今夜は、魔女《まじょ》もオオカミ男もいないみたいだな。木立《こだち》のおくにひっそりと建《た》つ、うす気味悪《きみわる》いトイレの小屋《こや》があるだけだ。

おじいちゃんとおばあちゃんは、サウルスストリートでいちばん古い家に住《す》んでいる。おじいちゃんたちが生まれる前からある家だ。あんまり古くて、電気もない。明かりがほしいときは、ろうそくか懐中電灯《かいちゅうでんとう》を使《つか》わなくちゃいけないんだ。おまけに家の中にトイレがない。

おじいちゃんの話だと、家の中にトイレを作るためには、床下《ゆかした》をほってパイプを通さなきゃならないんだって。それにはかなりのお金がかかるらしい。おじいちゃんはそんなお金は持《も》ってないから、トイレが庭《にわ》にしかないってわけ。月に一度《いちど》だけ、週末《しゅうまつ》におじいちゃんちにとまるのを、ぼくはいつも楽しみにしている。でも、あのトイレだけはこわくてたまらない。

昼間は、平気《へいき》なんだ。けっこうおもしろいよ。トイレにこもって、火星まで飛《と》んでいく宇宙船《うちゅうせん》に乗《の》っている気分があじわえる。

でも、夜は、すーっごくこわい。それなのに、真夜中《まよなか》になると、ぼくはおしっこにいきたくなって目をさましちゃうんだ。真夜中《まよなか》って、魔女《まじょ》が出る時間だよ。おしっこは、ぼくにうらみでもあるのかな。

ぼくはトイレのドアに手をのばした。カギがわりについているチェーンがドアに当たって、カタカタ音をたてる。まるで生きてるみたいだ。ぼくは深《ふか》く息《いき》をすいこむと、ドアを開《あ》けた。中にはだれもいなかった。便座《べんざ》と暗《くら》い穴《あな》、それに力がわんさといるだけだ。

おじいちゃんの家は、いやなにおいのする沼地《ぬまち》の上に建《た》っている。サウルスストリートでも、こんな最悪《さいあく》な場所《ばしょ》には、だれも住《す》みたがらないだろうな。だけど、力はここがお気に入りだ。最高《さいこう》のすみかだと思ってるんだ。

ぼくは庭《にわ》のトイレの中に入った。とたんにドアが音をたてて閉《し》まった。ただの風だ。うろたえるな。

もう一度《いちど》、大きく息《いき》をすって、五つ数えると、ぼくはパジャマのズボンを下ろした。だいじょうぶ。二分後にはベッドの中だ。ここにはいないんだ、おそろしいやつなんて……。

バシャッ！

暗《くら》くて大きい穴《あな》のおく底《そこ》で、なにかが動《うご》いた。

ぼくの体じゅうの毛が逆立《さかだ》った。

シュ――――。

そいつが穴《あな》の底《そこ》をすべるように進《すす》み、ぼくに向《む》かって上がってくる気配《けはい》がした。ぼくは目を閉《と》じて、息《いき》をととのえた。だいじょうぶ。なんでもない。ただの思いすごしだ。ぼくはすごい想像力《そうぞうりょく》の持《も》ち主《ぬし》なんだ。だから、現実《げんじつ》にはない音が聞こえたりもするんだ。

いくらか気分が落《お》ち着《つ》いてきた。あと少しで、おしっこも終《お》わる。あしたは土曜日。週末《しゅうまつ》だ！　週末《しゅうまつ》は楽しいことがいっぱいで……。

ト――マ――ス。

声がした。便器《べんき》の中から聞こえてくる。ぼくの名前を呼《よ》んでいる。

トーーーマーース。

信《しん》じられないよ。ほんとうにトイレの下にモンスターがいたんだ。おまけに、ぼくがここにいることを知っている。ぼくを食べに来るつもりなんだ！

ぼくはあわててあとずさりした。胸《むね》がどきどきしている。ここから出なきゃ。早くしなきゃ。

ドアをおしたけど、動《うご》かない！　びくともしない！　もうおしまいだ！

トーーーマーース。

さけぼうと思うのに、さけび方、わすれちゃったよ。暗《くら》やみの中に、なにかがぬっとあらわれた。頭みたいに見えるけど……。

これって、夢《ゆめ》に出てくるおそろしい緑《みどり》の水生《すいせい》モンスターじゃないか？　想像《そうぞう》がほんとうになっちゃったかも！　ぼくはくるりと向《む》きを変《か》え、思いっきりドアをけとばした。ドアが開《あ》いた。ふり返《かえ》ると、モンスターの頭が便器《べんき》の上まで

出ていた。

パジャマのズボンをトイレにほっぽったまま、ぼくは走りに走った。庭《にわ》の小道をぬけ、家の裏口《うらぐち》に飛《と》びこみ、ベッドに入ると、そのままシーツの下にもぐりこんだ。

もういやだ！　二度《にど》とあのトイレにはいかないぞ！

第《だい》2章《しょう》　おじいちゃんとおばあちゃん

次《つぎ》の日、朝食の席《せき》で手紙を読んでいたおじいちゃんが、ふきげんな声でいった。

「いまいましいパースニップめ」

「おや、パースニップだって？　わたしは大好《だいす》きなんだけどねえ」

トーストにマスタードをぬりながら、おばあちゃんがなだめるようにいう。

ちょっぴり、とんちんかんなところがあるんだ、ぼくのおばあちゃん。パースニップって白ニンジンのことだよ。

「そっちのパースニップじゃない。牧師《ぼくし》のパーシバル・パースニップだ。うちの家を取《と》りこわすとおどしてきやがった！」

かみつくようにいうと、おじいちゃんは手紙をテーブルにたたきつけた。

パースニップ牧師《ぼくし》とおくさんのプリシラは、サウルスストリートでも高級住《こうきゅうじゅう》宅地《たくち》に住《す》んでいる。沼地《ぬまち》にあるうちとは反対側《はんたいがわ》のはしっこだ。

ふたりは、つりに来るお金持《かねも》ちの旅行客《りょこうきゃく》を見こんで、サウルス湖《こ》のほとりにりっぱなロッジを建《た》てるつもりなんだ。おじいちゃんの家は、ちょうどその建《けん》設予定地《せつよていち》にあった。

「はじを知れ！　あいつらにおどされるすじ合いはないわ。わしは大きな戦争《せんそう》で何度も戦《たたか》ってきたんだぞ！」

おじいちゃんがほえるようにいった。

昔《むかし》、おじいちゃんは軍人《ぐんじん》だったんだ。たくさんの勲章《くんしょう》を持《も》っている。それっ

MUS

て、おじいちゃんがとっても勇敢《ゆうかん》だって証拠《しょうこ》だよね。ぼくのじまんのおじいちゃんだ。

「トースト、食べるかい？」

マスタードをぼくにさし出すと、おばあちゃんが元気よくたずねた。

「いや、いいよ」

「じゃあ、ベーコンエッグかね？」

おばあちゃんは立ち上がると、料理用《りょうりよう》ストーブのほうへよたよたと歩いていった。

おばあちゃんの料理《りょうり》には気をつけたほうがいいんだ。たまに身《み》の危険《きけん》を感《かん》じることがあるからね。

先月は、細長く切った魚のフライに、トマトソースとかんちがいしてホットチリソースをかけて出してくれた。あまりのからさに、頭がふっ飛《と》ぶかと思ったよ。

おじいちゃんはスプーンをつかむと、ズルズル大きな音をたてながらシリアルを食べだした。チョコレートシリアルにホットコーヒーがかけてある。どうやら、おばあちゃんはかんちがいしなかったみたいだな。

おじいちゃんは相変《あいか》わらず、ぶつぶつとパースニップ牧師《ぼくし》をののしり続《つづ》けている。よし、今だ。

「おじいちゃん……あのさ、ちょっと聞いていいかな？」

おじいちゃんは返事《へんじ》をしなかった。少し耳が遠いんだ。特《とく》におこっているときはね。

「おじいちゃんってば、聞きたいことがあるんだよ」

ぼくは少し声をはり上げた。

「歌を聞きたいっていわれた？　だれにだ？」

大声を出したおじいちゃんの口から、チョコレートシリアルが飛《と》び散《ち》った。

「歌の話じゃなくてさ、大切な話があるんだよ！」

「大切なものをなくしたのか？　どこで？」

「トイレなんだけどさ、下にひそんでるやつがいると思うんだ」

「トイレか？　大切なものを下に落《お》としちゃったか？」

おじいちゃんは首をふった。

「ああ、そりゃもうだめだろうな。あのトイレの穴《あな》は井戸《いど》みたいに深《ふか》いんだ。ぜったいに見つからんぞ」

そういって、またシリアルを食べだした。

ぼくは大きく息《いき》をすいこむと、なるべく聞《き》き取《と》りやすいように話しかけた。

「トイレの底《そこ》に……なにか生《い》き物《もの》が……いると思うんだ」

とたんに、おじいちゃんはにっこり笑《わら》った。

「ああ！　生《い》き物《もの》な！　トイレの底《そこ》だろう！　どうしてそれを先にいわないんだ？　そりゃ、猛獣《もうじゅう》みたいなやつかもしれんぞ」

おじいちゃんはコーヒーカップにヨーグルトを入れながらいった。

「あのトイレは、シンクホールっていうでっかい穴《あな》の上にあるんだ。もう百五十年前からな。穴《あな》がどれくらい深《ふか》いかなんて、だれにもわからんし、底《そこ》になにがいたってふしぎはないだろうよ」

おじいちゃんは、ぼくににやりと笑《わら》いかけた。

「悪《わる》いことはいわん、あそこの便座《べんざ》にはあまり長いことすわるな。なにかがあいさつをしに、ひょっこり顔を出すかもしれんからな」

第《だい》3章《しょう》　魔女《まじょ》の時間

ぼくは目を開《あ》けて、時計を見た。真夜中《まよなか》だ。

魔女《まじょ》がうろつき回る時間だ。そろそろ、いかなきゃ。

大きく深呼吸《しんこきゅう》すると、ぼくはベッドから起《お》き上《あ》がった。こわいけど、準備《じゅんび》はすっかりととのっている。丸一日かけて用意《ようい》したんだ。

バッグを開《あ》けて、必要《ひつよう》な物《もの》がちゃんと入っているか、たしかめてみる。でっかい懐中電灯《かいちゅうでんとう》、暗《くら》やみでも見えるゴーグル、こまったときのためにホイッスル。

これだけあれば、トイレにモンスターがいたってだいじょうぶ。この懐中電《かいちゅうでん》灯《とう》の光はとびきり明るいし、ゴーグルには新しい電池が入っている。モンスターが飛《と》び出《だ》してきて、ぼくを食べようとしたら、すぐにわかるよね。おまけに新品《しんぴん》のカメラも持《も》っていく。写真《しゃしん》をとって、本物《ほんもの》だって証拠《しょうこ》をつかむんだ。そうしたら、新聞にのるだろうな。「世界一《せかいいち》のモンスターキャッチャー」って書かれるかな。ぼく、有名人《ゆうめいじん》だよね。

そりゃあ、モンスターじゃなくて恐竜《きょうりゅう》なら最高《さいこう》だよ。恐竜《きょうりゅう》、大好《だいす》きだもん。かっこいいよね。

ちっちゃかったときから、ずっと好《す》きなんだ。だから、六千五百万年前に、巨大《きょだい》な隕石《いんせき》が恐竜《きょうりゅう》を絶滅《ぜつめつ》させちゃったって話は、ほんとにむかつく。隕石《いんせき》は、どうしてそんなことをしにきたんだろうな？

もちろん、トイレに恐竜《きょうりゅう》がいるとしても、正確《せいかく》には恐竜《きょうりゅう》とはいわないいんだよ。首長竜《くびながりゅう》だ。首長竜《くびながりゅう》は恐竜《きょうりゅう》と同じ時代《じだい》に生きていたけど、足じゃなくてひれがあって、水の中にすんでいたんだ。すごいよね。けれど、首長竜《くびながりゅう》も絶滅《ぜつめつ》しちゃった。隕石《いんせき》のばかやろう。

とにかく、トイレのモンスターは首長竜《くびながりゅう》じゃないと思う。わかるんだ。理由《りゆう》は、首長竜《くびながりゅう》がもう地球上《ちきゅうじょう》に生きていないからってだけじゃない。このモンスター、ぼくの名前を知ってるみたいなんだ。

想像力《そうぞうりょく》がはたらいて、モンスターを登場《とうじょう》させちゃったかな？　思いあたるのは、でっかい牙《きば》のある巨大《きょだい》な緑《みどり》の水生《すいせい》モンスターだけだ。いつもこわい夢《ゆめ》に出てくるんだ。だから、トイレの底《そこ》にいるのはそいつかもしれない。

ぼくは足音をしのばせて階段《かいだん》を下りると、裏口《うらぐち》のドアを開《あ》けた。まず、魔女《まじょ》がいないか、たしかめる。魔女《まじょ》もぼくの空想《くうそう》の世界《せかい》に住《す》んでいるからね。

今このしゅんかん、ぼくの想像力《そうぞうりょく》は、はっきりいってかなりたくましくなっている。

懐中電灯《かいちゅうでんとう》をつけると、庭《にわ》のあちこちを照《て》らしてみた。よし、魔女《まじょ》はいないな。一ぴきの空想《くうそう》モンスターだけで、もういっぱいいっぱいなんだ。

ぼくはトイレの小屋《こや》にそっと近づいていった。

中でモンスターが待《ま》ちぶせしてたらどうしよう？　夜になってからずっとモンスターのことばかり考えていたから、やつは、ぼくが来るって気づいてると思うんだ。なかまをひきつれて来てたらどうしよう？　そうじゃなきゃいいけど。

ぼくはトイレのドアに手をかけた。大きく一つ息《いき》をすいこむ。

一、二、三、いくぞ！

ドアをいきおいよくおし開《あ》ける。いない。モンスターはまだ来てないんだ。もしかしたら、おくれて来るのかな？

ぼくは便器《べんき》におそるおそる近づいた。用心しながらかがみこむと、懐中電灯《かいちゅうでんとう》で穴《あな》のおくを照《て》らした。

暗《くら》やみしか見えない。きっと地球《ちきゅう》の中心核《ちゅうしんかく》まで続《つづ》いてるんだ。底《そこ》のほうには溶岩《ようがん》があるのかな？　ひょっとすると、噴火《ふんか》して、サウルスストリート全体《ぜんたい》が巨大《きょだい》な噴火口《ふんかこう》になるかも？　そうなったら、すごいよね。

ぼくはバッグを下ろすと、中にあるカメラをそーっと取《と》り出《だ》そうとした。モンスターがあらわれたらすぐわかるように、静《しず》かにしなくちゃ。不意打《ふいう》ちはごめんだ。

そのとき、うしろのほうで物音《ものおと》がした。ぼくは、がばっとふり向《む》いた。トイレの入り口に、こしの曲《ま》がった黒い人かげが、月明かりを背《せ》にくっきりとうかび上がっている。とんがり帽子《ぼうし》と、マントを着《き》たおばあさんみたいだ。

「そこにいるのは、だれだい？」

低《ひく》いしわがれ声がした。

うそだろ？

ぼくの想像力《そうぞうりょく》のせいで魔女《まじょ》があらわれちゃった！

魔女《まじょ》はぼくのほうに手をのばしてきた。

ぼくをつかまえて、洞窟《どうくつ》へ連《つ》れて帰るつもりなんだ！　ぼくを大きなかまでぐつぐつにて、食べるんだ！

「いや、い……うぅー」

ことばがのどにつかえて、うなり声になった。

魔女《まじょ》からにげようとして、ぼくはよろけながらあとずさり、便器《べんき》にひざのうしろをひどく打《う》ちつけた。バランスをうしなったぼくは、あおむけにたおれそうになって、手をぐるぐる回した。

魔女《まじょ》が近づいてくる。

「トマス、トマスなのかい？」

魔女《まじょ》の顔に月の光がさした。

あれ、魔女《まじょ》じゃない。おばあちゃんだ。ナイトガウンを着《き》て、とんがり帽子《ぼうし》のようなナイトキャップをかぶっている。

けれど、もうどうにも止まらない。ぼくはうしろ向《む》きにひっくり返《かえ》り、便器《べんき》の穴《あな》から下へ、まっ暗《くら》なトイレの底《そこ》に向《む》かってころがり落《お》ちていった。

第《だい》4章《しょう》　トイレの底《そこ》から湖《みずうみ》へ

どこまでも落《お》ちていくような気がした。ここは世界一深《せかいいちふか》いトイレだぞ。ぜったいに地球《ちきゅう》の中心核《ちゅうしんかく》までいったと思ったとき……

ザブン！

ぼくは氷《こおり》のように冷《つめ》たい水の中に飛《と》びこんだ。

ああ、溶岩《ようがん》じゃなくてよかった。

まっ暗《くら》で、なにも見えない。顔の前に出した手も見えないんだ。おまけに、底《そこ》が深《ふか》くて足がつかない。

「おばあちゃん！　おばあちゃ――ん！」

さけんでも返事《へんじ》がない。おばあちゃん、帰っちゃったんだ。もうだれにも気づいてもらえない。こんなところにころがり落《お》ちて、水生《すいせい》モンスターといっしょに閉《と》じこめられちゃった。どうかモンスターが草食動物《どうぶつ》で、草しか食べませんように。

ぼくはかべぎわまで泳《およ》いでいった。ここを登《のぼ》っていけるかな？　かべはどろのようなもので、ぬるぬるべたべたしていた。せめて本物《ほんもの》のどろだといいけど、トイレの中だもんな。おえええー！

かべを登《のぼ》ってみようとしたけど、無理《むり》だった。そうでなくたって、きょりがありすぎる。

まわりを見回してみた。ようやく目が暗《くら》やみになれてきたんだ。三方がかべで、のこりの一方が水中トンネルになっているようだ。そのトンネルのおくから、かすかに光がさしこんでいた。

これはもう、トンネルをいくしかないな。水中を泳《およ》ぎ切《き》って、向《む》こうへ出るしかないんだ。

ラッキーなことに、泳《およ》ぎは得意《とくい》だ。ことしの水泳《すいえい》大会では、四年生の背泳《せおよ》ぎで二位《い》。サリー・シンプソンがズルをしなければ（サリーはとうめいなフィンをつけていた）、一位《い》だったんだから。

ぼくは大きく息《いき》をすいこむと、水中にもぐった。水が冷《つめ》たくて、まるで氷《こおり》の中を泳《およ》いでいるみたいだ。

手と足で必死《ひっし》に水をかいて泳《およ》ぎ続《つづ》けるうちに、ゆっくり光のあるほうへ近づいていった。ぼくの肺《はい》は今にも破《やぶ》れそうだったけど、かならず泳《およ》ぎ切《き》れると信《しん》じていた。

ふと上を見ると、トンネルをぬけていた。水の中から、空に月がかがやいているのが見える。泳《およ》いでサウルス湖《こ》へ出たんだ。助《たす》かったぞ！

ぼくは水をけって、水面《すいめん》をめざした。早く空気をすいこみたい。あともうちょっと、というところで……ググッ。

なにかがぼくのパジャマをひっぱっている。おそろしくて、わけがわからなくなった。のがれようとしたけど、ひっぱる力が強くて、どうしようもない。

水生《すいせい》モンスターにつかまっちゃった。いつものこわい夢《ゆめ》と同じだ。ぼくはもう死《し》んじゃうんだ。

もがいたり、体をよじったりしても、モンスターは、はなしてくれなかった。水の中で手足をばたばたさせて泣《な》きわめくぼくを、無理《むり》やりひっぱっていく。

ぼくは目をつぶると、するどい歯《は》にがぶりと食いつかれるのをかくごした。

ザバッ！

モンスターはぼくを湖《みずうみ》の中からひっぱり出した。そして、びしょぬれのぼ

くを寒《さむ》い夜風にあてたまま、ぶら下げた。

「なーんだ、イカじゃなかった」

モンスターがしゃべった。

ぼくは声のするほうへ顔を向《む》けた。すぐそばに、小さいボートがあった。中に赤毛の女の子が乗《の》っている。女の子はつりざおを持《も》ち、つり上げたばかりのえものをながめていた。

そのえものは、ぼくだ。

第《だい》5章《しょう》　サ・ウルス湖《こ》のモンスター

ぼくはボートの上でがたがたふるえていた。女の子はぼくなんか無視《むし》して、つり針《ばり》の先にえさにする虫をつきさすのに夢中《むちゅう》だ。

「こんなところで、なにしてるの？」

真夜中《まよなか》なんだぞ。おまけに、見たところ、この子はぼくより一つか二つ年上ってだけだ。

「しぃ――。こわがってにげちゃう」

女の子が声をひそめていった。

「だれがこわがってにげるの？」

「エリー」

女の子は小声でぶっきらぼうに答えた。

「エリーって、だれ？」

「しぃ――」

もう一度《いちど》いうと、女の子はつり糸を水中に投《な》げ入《い》れた。

「イカをつろうと思ってるの。エリーの好物《こうぶつ》なんだ。イカをえさにしてつり糸を垂《た》れたら、エリーがやってきて食いつくかもしれないでしょ。エリーに会えるなんて、考えてもみてよ！」

女の子はぼくを見て、にっこり笑《わら》った。

月明かりの下で、目がきらきらとかがやいている。興奮《こうふん》してるんだ。でなけりゃ、どうかしてる。ぼくはぜったいに、どうかしてるほうだと思うけどね。

「エリーって、だれだよ？」

ぼくは、こりずにきいてみた。

なにかがつり糸にかかった。

「しぃ――」

そういうと、女の子はリールを巻《ま》いて、えものをひきよせた。今度《こんど》はほんとうにイカがつれた。

「やった！」

うれしそうに小声でいうと、女の子はつり針《ばり》からイカをはずし、細いひもにゆわえつけて、船首側《せんしゅがわ》から垂《た》らした。

「あとは、じっと待《ま》つだけ」

そうささやくと、女の子はこしをおろして前かがみになり、水中に目をこらしている。

なんだかとっても変《へん》な夜になってきたぞ。

「あのさ」

何分か待《ま》ったあと、ぼくは切り出した。

「きみがなにをしてるのかは知らないけど、きっとすごく大事《だいじ》なことなんだろうな。でもさ、ぼくはひどい目にあってきたんだ。庭《にわ》のトイレから落《お》っこちちゃうし、今もこのままじゃ、こごえ死《じ》ぬと思うんだ。よかったら、ボートをこいで岸《きし》へもどってくれない？」

「しぃ――――！　ほら！」

興奮《こうふん》のあまり、ふるえながら女の子は暗《くら》い水の中を指《ゆび》さした。

どう見ても、この子はいかれちゃってる。

いや、もっとひどいかも。

「えーっと……あのさ、いいたくはないんだけど……」

バシャッ！

そのとき、水中で大きなかげがまっすぐこっちへ向《む》かってくるのが見えた。

「なんだろう？」

ぼくはささやきかけた。

返事《へんじ》はなかった。女の子は、ボートのふちをつかんだまま、かげがどんどん近づいてくるのを、目を丸くして見つめている。

これって、ぼくの夢《ゆめ》に出てくる水生《すいせい》モンスターかな？

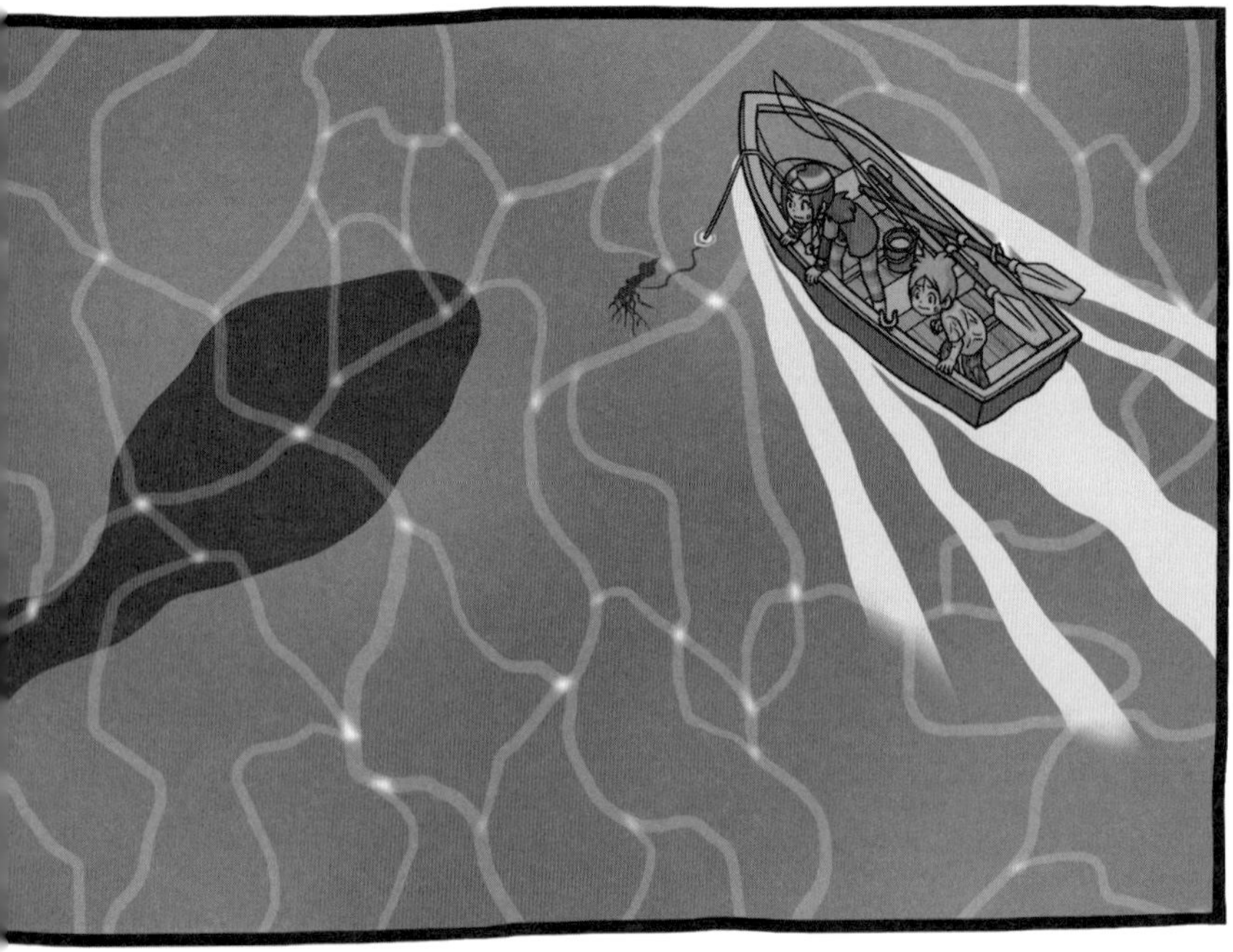

いや、ちがう。こんな形じゃない。やっと見分けられる程度《ていど》だけど、このモンスターは首が長い。

夢《ゆめ》に出てくるのは、でっかい口のキラークロコダイルの突然《とつぜん》変異体《へんいたい》みたいなやつだ。

でも、たしかに、モンスターのようなものが水の中にいる。

とてつもなくでかい。クジラくらいの大きさだ。なんだか胸《むね》がどきどきしてきたぞ。

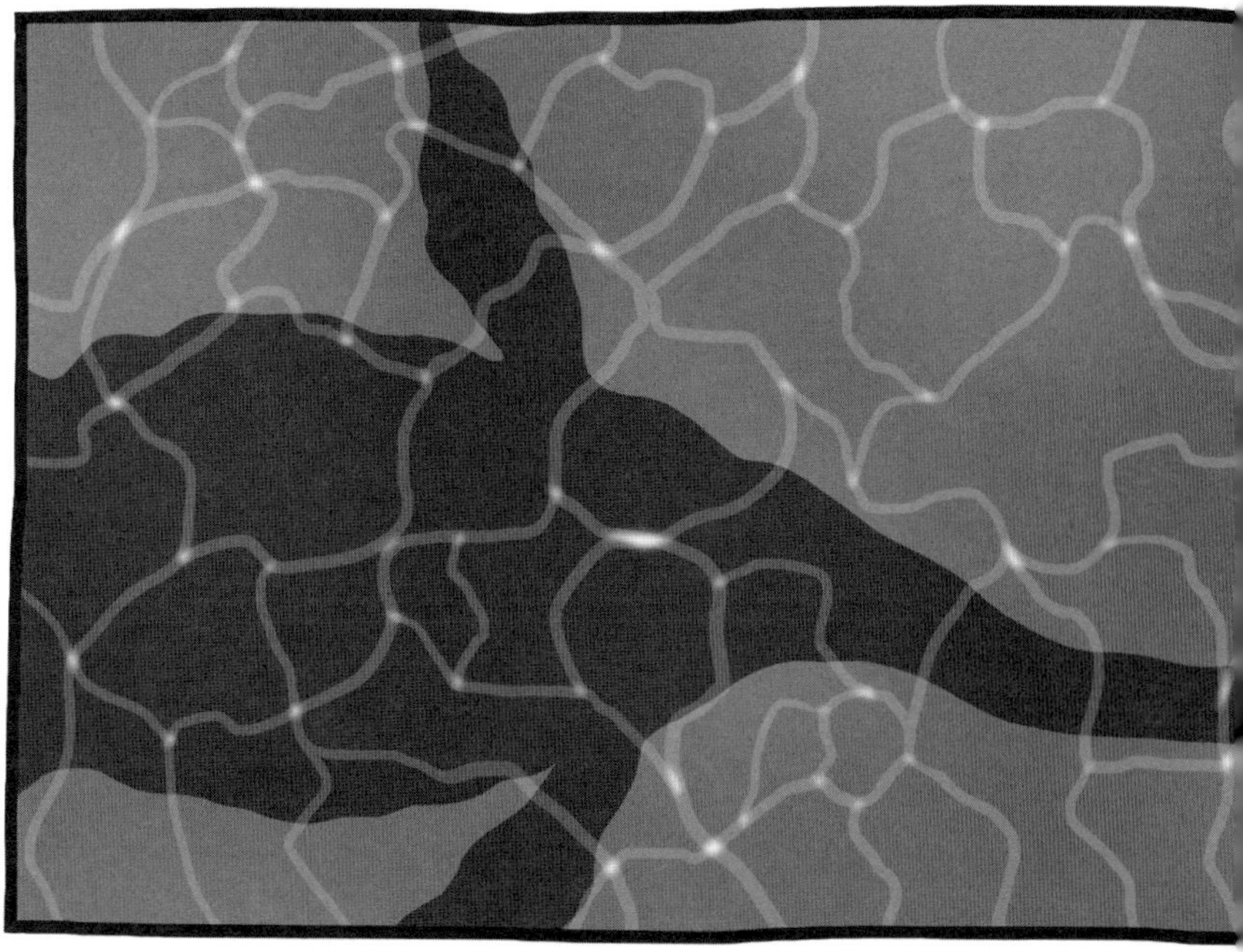

「来た。やっと来た……」

女の子が声を殺《ころ》していった。

かげは、ぼくらの乗《の》っているボートの真下《ました》まで来た。ふたりで身《み》を乗《の》り出《だ》し、黒い水面《すいめん》をのぞきこんだ。

ちょうどそのとき、月に雲がかかり、湖面《こめん》全体がまっ黒になった。暗《くら》やみでなにも見えない。それでも、モンスターはまだこの下にいる。きっといる。

下から飛《と》び出《だ》してきて、小さいボートにようしゃなく体当たりし、粉々《こなごな》にこわしてしまうんじゃないかと、ぼくは身《み》がまえた。指《ゆび》の関節《かんせつ》が白くなるまでボートのふちをしっかりとつかみ、永遠《えいえん》と思えるくらい長いあいだ待《ま》ち続《つづ》けた。

でも、なにも起《お》きなかった。

とうとう、女の子は大きく息《いき》をはいた。ずっと息《いき》をつめてたんだ。ぼくも息《いき》をはき出した。

女の子はかたを落《お》として、つぶやいた。

「すぐそばまで来たのに。あと少しだったのに」

どっと、つかれちゃったみたい。

「あれはなんだったの？」

小さい声でたずねるぼくをじっと見て、女の子は口を開《ひら》いた。

「あれは――」

バリッ！

なにかが、はげしくぶつかってきた。ボートが急《きゅう》に大きくかたむき、ぼくらはほうり出された。

バシャッ！

ぼくは氷《こおり》のように冷《つめ》たい湖《みずうみ》へまっ逆《さか》さまに落《お》ちた。水の中はあわだらけ。

どっちを向《む》いているのか、さっぱりわからなくなった。

スイーッ！

なにかがぼくの目の前をいきおいよく通りすぎていった。背筋《せすじ》にふるえが走る。けれど、それはただのオールだった。ボートのオールが一本、湖《みずうみ》の底《そこ》へしずんでいった。

そのとき、聞こえてきたんだ。水の中にひびきわたる低《ひく》くうなるような声が。

オ――マ――――。

きのうの夜、トイレでぼくの名前を呼《よ》んでいたのと同じ声だ！

ぼくは死《し》に物《もの》ぐるいで水をかきはじめた。とにかく水面《すいめん》にうかび上がらなきゃ。あともう少しってときに……

シュ――ッ！

すっごく大きな生《い》き物《もの》が、ぼくのすぐそばを泳《およ》ぎ去《さ》っていった。二階建《にかいだ》てバスくらいの大きさだ。

オーーマーーー。

そして、もう一度《いちど》、よくひびく声をあげた。

大きな生《い》き物《もの》が泳《およ》いでいったせいで水流《すいりゅう》が起《お》こり、ぼくの体はぐるぐると後《うし》ろ向《む》きに何度《なんど》も回転《かいてん》した。やっとふり向《む》いたときには、もうその姿《すがた》はなかった。

はっきり見えたのは、湖《みずうみ》の底《そこ》へと消《き》えていくでっかいひれ足だけだ。サーフボードくらいの大きさはあったな。

ぼくは水面《すいめん》から顔を出すと、空気をすいこみながら、ぜいぜいとあえいだ。

きせきみたいだ！　ボートがちゃんと上を向《む》いてうかんでる。なんとかボートに乗《の》りこむと、ぼくはむせて、息《いき》を切らし、びしょぬれのまま、板《いた》ばりの床《ゆか》にばったりたおれこんだ。

「やっぱりね。やっぱりほんとうにいたんだ」

となりにねころんでいた女の子がささやいた。目をらんらんとかがやかせながら、星空をじっと見上げている。

「なにが？　あいつは、いったいなにもの？」

ぼくはあえぎながらたずねた。

女の子はくるりと体を横《よこ》にして、ぼくと向《む》き合《あ》った。鼻《はな》と鼻《はな》が一ミリしかはなれていない。

「エリー。サウルス湖《こ》のモンスターだよ」

第《だい》6章《しょう》　エリーとモリー

「サウルス湖《こ》のモンスターって、なんだよ？」

ぼくはモリーにたずねた。

モリーって、女の子の名前だ。湖《みずうみ》の岸《きし》にもどると、モリーはぼくをお茶にさそってくれたんだ。

どうやら、沼地《ぬまち》のどこかに住《す》んでいるらしい。もうすぐ午前一時だし、こんな時間にお茶なんて変《へん》だけど、モリーはぜんぜん気にしてないみたい。それにぼくは興奮《こうふん》しすぎて、ねむれそうになかった。

「エラスモサウルス。だから、エリーって呼《よ》んでるの」

ぼくは耳をうたがった。

「エラスモサウルスだって？　たしかなの？」

「もちろん、たしかよ。あたしは恐竜《きょうりゅう》のことなら、なんでも知ってるんだから」

ふっ、どうやらぼくほどは知らないみたいだな。

「エラスモサウルスは恐竜《きょうりゅう》じゃないんだよ。実《じつ》は……」

ぼくは教えてあげようとした。

「首長竜《くびながりゅう》でしょ。知ってるわよ」

「じゃあ、どうして恐竜《きょうりゅう》だなんていったんだよ？」

「だって、わかりやすく説明《せつめい》したほうがいいと思ったの。おチビさんにはね」

モリーがにやりと笑《わら》った。

失礼《しつれい》だぞ！　ぼくは九さいなんだ。九さいはおチビさんなんかじゃない。そういいかけたとたん、モリーが立ち止まったので、ぼくはそのままモリーの背《せ》中《なか》にどんとぶつかった。

「ここよ」

ここには古ぼけてさびのういたキャンピングカーが、水たまりにれんがをしきつめてとまっていた。

「ほんとにこれがきみの家なの？」

「家を建《た》てられないからね」

「なんで？」

ぼくがたずねると、モリーはかたをすくめた。

「だって、そんなお金ないもん。いいの！　年じゅう、キャンプ休暇《きゅうか》の気分でいられるから」

そういって、モリーはほほえんだ。

ぼくらはステップを上がって、キャンピングカーのドアを開《あ》けた。中はとてもいごこちよさそうだ。

後部《こうぶ》のいちばんおくに、大きな二段《にだん》ベッドがすえつけられていて、真《ま》ん中《なか》は、こぢんまりしたキッチンになっている。

かべに何枚《なんまい》も写真《しゃしん》がはりつけてあった。サウルス湖《こ》の写真《しゃしん》だ。ぼんやりとしたかげが写《うつ》りこんだものもある。

「それはエリーの写真《しゃしん》だよ。あたしがとったの」

モリーがいった。

ぼくはあらためて写真《しゃしん》をしげしげとながめた。

そういえば、エラスモサウルスみたいに見えるのも一枚《まい》か二枚《まい》はある。似《に》たような長い首が水面《すいめん》からつき出ているんだ。でも、よくわからないや。丸太かもしれないよね。

「今夜が、いちばん近くまで来たの？」

ぼくがたずねると、モリーはうなずいた。

「おとといの夜は、もう少しでイカに食いつくところまで来たんだけど、あんなに近くは初《はじ》めて。あしたもいったら、はっきり姿《すがた》を見られるかもね」

「おい、ビッケット、食べっか？」

大きな人かげが、ぼくの頭の上にぬっとあらわれた。見上げると、赤いひげをはやして、スカートをはいた大男が、黒い目でこっちをにらみつけていた。めちゃくちゃこわそうだ。

「あたしの父さん。ビスケット食べるか？　だって」

モリーが笑《わら》いながら説明《せつめい》してくれた。

「あー……はい。いただきます」

大男は足音をたてて歩《ある》き去《さ》った。

BUTTER
BISC
BIG!

「きみの父さんはなんでスカートをはいてるの？」

ぼくは小声でたずねた。

モリーがくすくす笑《わら》いだした。

「あれはスカートじゃなくて、キルトよ。スコットランドの男の人は、キルトをはくのが好《す》きなの」

「ウシんチチは？」

モリーの父さんが、ビスケットの皿《さら》をぼくの前にどんと置《お》きながら、おこったようにきいた。

ぼくはぽかんと口を開《あ》けたまま、モリーの父さんを見つめた。いったい何語をしゃべってるんだろう？

モリーがぼくの耳元に顔を近づけてささやいた。

「牛乳《ぎゅうにゅう》を飲《の》むかって、きいてる」

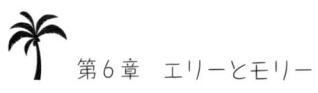

「はあ……は、はい。ありがとうございます」

ぼくは口ごもりながら答えた。

モリーの父さんはうなずくと、またゆっくりと向《む》こうへいった。午前一時に子どもがふたり、キッチンでおしゃべりしていても、ちっともおどろいてないみたいだ。

「どうしてエリーはうちのトイレまで来るんだろう？」

ぼくはビスケットをかじりながら、モリーにたずねた。

「えものを探《さが》してるんじゃない？　湖《みずうみ》へつりに来る人が多くて、おなかいっぱい食べられないからね。これからは、もっと環境《かんきょう》が悪《わる》くなると思うな。パースニップがロッジを建《た》てたら、湖《みずうみ》じゅうの魚が取《と》りつくされるでしょ。エリーはおなかがすいて死《し》んじゃうよ、きっと」

「エリーのことを、だれかに話してみたら？」

「やってみたわよ。でも、だれもあたしの話なんて信《しん》じてくれなかったんだ。頭がどうかしてるってさ」

ぼくはうなずくと、うつむいて手元を見つめた。

一時間前は、ぼくも、モリーがいかれてると思ってたよな。でも、ちがった。モリーはちょっぴり変《か》わっているかもしれないけど、そんなの、ちっとも悪《わる》いことじゃない。

「あんたもエリーを見たんだからさ、あの子を救《すく》うために力をかしてくれないかな？」

モリーは助《たす》けを求《もと》めるような目で、ぼくをじっと見た。そんなに説得《せっとく》しなくてもだいじょうぶ。首長竜《くびながりゅう》を救《すく》うって聞いただけで、ぼくは冒険《ぼうけん》に出かけるような気分になっていた。

「もちろん、手伝《てつだ》うよ。でも、どうやって救《すく》うの？」

「エリーが地球上《ちきゅうじょう》に生きてるって証明《しょうめい》すればいいの」

モリーは説明《せつめい》した。

「そうしたら、エリーは保護《ほご》されて、パースニップに建築《けんちく》の許可《きょか》はおりなくなる。絶滅危惧種《ぜつめつきぐしゅ》の生息地《せいそくち》の環境《かんきょう》は、変《か》えちゃいけないって法律《ほうりつ》で決《き》まってるんだ。エリーは地球上《ちきゅうじょう》でたった一ぴきしかいないでしょ。これ以上《いじょう》の絶滅危惧種《ぜつめつきぐしゅ》はないからね」

第《だい》7章《しょう》　パースニップの計画

目をさまして、時計を見た。午前六時だ。四時間しかねてないのに、少しもねむくなんかなかった。それくらい、わくわくしていたんだ。

そーっと服《ふく》を着《き》る。シャツにズボンに、ゴム長ぐつにジャケット。それから、足音をしのばせて階段《かいだん》を下りていった。ゴム長ぐつをはいていると、しのび足って、けっこうむずかしい。

「ブーフー」

寝室《しんしつ》からおじいちゃんの低《ひく》いうめき声が聞こえた。ただ寝返《ねがえ》りを打《う》っているだけなんだけどね。おじいちゃんは寝返《ねがえ》りを打《う》つたびに、「ブーフー」っていうんだ。

ぼくはこっそりとキッチンをぬけて、裏口《うらぐち》のドアを開《あ》けた。そこには、モリーがもう待《ま》っていた。

「さあ、いくわよ」

小声でいうと、モリーはぼくにつりざおをわたした。

ぼくらは沼地《ぬまち》をグチャグチャと音をたてて歩きながら、湖《みずうみ》へ向《む》かった。

「それで、エリーはいつからあの湖《みずうみ》にいるの?」

ぼくはモリーにたずねた。

「わかんない。あたしは一か月前に、スコットランドのネス湖《こ》からサウルスストリートに来たばかりだもん」

ネス湖《こ》って、聞いたことがあるぞ。その湖《みずうみ》にもモンスターがいるはずだ。

「ネス湖《こ》のモンスターは見たの？」

「ううん。でも、毎晩《まいばん》のように夢《ゆめ》に見たよ。とってもふしぎなんだけどさ、前回、夢《ゆめ》に出てきたのは、サウルスストリートに来た夜だったの。その次《つぎ》の日、エリーを見たんだ！」

「たぶん、どの湖《みずうみ》にもエラスモサウルスがいるんだよ」

うなずいているぼくを見て、モリーは首をふった。

「そんなことない。いるのは、ふしぎなことが起《お》きそうな湖《みずうみ》だけだと思うな」

ようやくぼくらはサウルス湖《こ》の岸《きし》に着《つ》いた。

湖《みずうみ》はうすい霧《きり》に包《つつ》まれていた。水辺《みずべ》には、背《せ》の高い木が立ちならび、もつれ合った根《ね》っこがにごった水の中へとのびている。たしかにモリーのいうとおり、ふしぎなことが起《お》きそうだ。

「トマス、乗《の》って」

小さいボートは、草むらのかげにかくしてあった。ロープをつかむと、モリーはボートを岸《きし》から湖《みずうみ》へとひっぱり出した。自分も乗《の》り移《うつ》り、霧《きり》の中をゆっくりとこいでいく。

これから生きた首長竜《くびながりゅう》を見るのか。信《しん》じられないや！

「ほんとに見つかるかな？」

ぼくはモリーにきいてみた。

「わかんない。でも、見込《みこ》みはあると思うの。エラスモサウルスは、午前中にえものを探《さが》し回《まわ》ることが多いからね。日に日におなかは減《へ》ってきてるしさ」

「じゃあ、ぼくたち、なにをすればいいの？」

モリーはポケットに手をつっこむと、えさにする虫を入れたびんを取《と》り出《だ》した。

「まずイカをつるの」

ところが、モリーがつりえさを分けようとしたとき、白い大型《おおがた》のつり用ボートがうなりをあげて近づいてきた。つり用ボートがいきなり曲《ま》がって止まったせいで、ぼくらは氷《こおり》のように冷《つめ》たい波《なみ》をかぶってびしょぬれになった。ああ、もうぬれちゃったよ。

「うちの湖《みずうみ》で、悪《わる》ガキふたりがなにしてるんだあ？」

まのびした声が聞こえてきた。

パースニップ牧師《ぼくし》だ。おっかないおくさんのプリシラとならんで、ボートの船首に立っている。プリシラは、ふわふわのポンポンボタンにフリルのえりがついた、あざやかなピンクのフィッシングベストを着《き》ていた。笑《わら》っちゃうくらい、似合《にあ》ってない。

「ここはあんたの湖《みずうみ》じゃないよ」

モリーは両手《りょうて》をこしに当てていった。はっきりいって、モリーはパースニッ

プ夫妻《ふさい》をこわがっていない。

「わしの湖《みずうみ》に決《き》まっとるだろう。先週、買《か》い取《と》ったんだからなあ」と、パースニップ牧師《ぼくし》。

「ここにりっぱなロッジを建《た》てるつもりなの、お金持《かねも》ちの観光客《かんこうきゃく》のためにね。おまえのような貧乏人《びんぼうにん》はお呼《よ》びじゃないのよ」

プリシラがかん高い声でいった。

パースニップ夫妻《ふさい》は、サウルスストリートでいちばんのお金持《かねも》ちだ。海のよく見える大きな屋敷《やしき》に住《す》んでいる。庭《にわ》がだだっ広くて、プールやでっかい噴水《ふんすい》もある。

なんで知っているのかって？　おじいちゃんに浜辺《はまべ》へ連《つ》れていってもらうとき、たまに鉄製《てっせい》のフェンスごしに屋敷《やしき》をのぞきこんでるんだ。

でも、中へ入ったことはない。子どもはひとりも入ってないんじゃないかな。

「子ども立ち入り禁止」の黄色い大きな看板が、フェンスに取りつけてあるからね。

「さっさと、うちの湖《みずうみ》から出ていきなさい。あんたたちのせいで、イカがこわがってにげるじゃないの」

キンキン声でいいはなつと、プリシラはまき上げ機《き》のスイッチをおした。魚《さかな》取《と》りのあみが湖《みずうみ》の中から上がってきた。あみの中には、くねくねとうごめくイカがいっぱい入っている。これだけあれば、サウルスストリートの人たちがおなかいっぱい食べられるだろうな。

「あんたたちだったんだ。イカをかたっぱしから取《と》ってたのは。それでエリーは食べるものがないんだ」と、モリー。

「いったいエリーって、だれなんだあ？」

パースニップ牧師《ぼくし》がきいたとたん、プリシラが悲鳴《ひめい》をあげた。

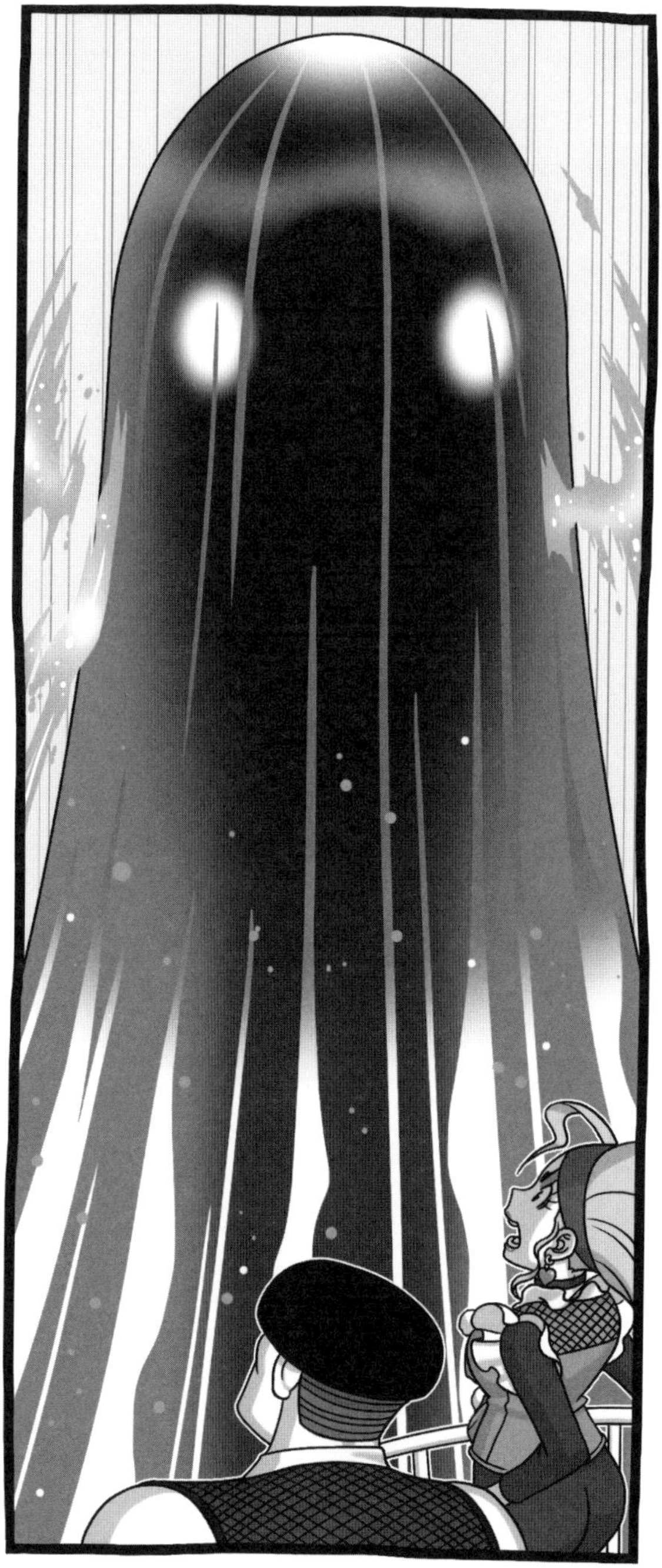

なにかが湖《みずうみ》の中からぬーっとあらわれてきた。パースニップ牧師《ぼくし》も、もうすぐエリーがなにものだかわかると思うよ。

第《だい》8章《しょう》　エリーを救《すく》え!!

エリーの頭が水面《すいめん》から出てきた。すごく大きくて、頭だけで二メートルくらいはありそうだ。目はあざやかな緑色《みどりいろ》。口にはかみそりのようにするどい歯《は》がびっしりならんでいる。

食べるんなら、パースニップ夫妻《ふさい》にしてほしい。エリーの頭はパースニップの大型《おおがた》ボートの上へとせり上がり、そのままぐんぐんのびていった。

おーっ！　首もでかくて、がっちりしている。スクールバスくらいの長さはあるぞ！

たちまち、エリーの頭はずいぶん高いところまで上がって、ぼくらを見下ろした。エリーとならぶと、パースニップのボートでさえ、ちっぽけに見える。

「銃《じゅう》でうって、パーシバル。ぶっぱなしてちょうだい！」

プリシラがわめきたてた。

けれど、パースニップ牧師《ぼくし》は身《み》じろぎもしなかった。その場につっ立ったまま、口をぽかんと開《あ》けて、エリーを見つめている。

「きれい」

モリーがつぶやいた。

ほんとうに、エリーは今まで見たこともない生《い》き物《もの》だった。生きたエラスモサウルスだよ。すごいや！　夢《ゆめ》じゃないかと思って、ぼくは自分をつねってみた。

とつぜん、エリーが口を開《あ》け、ぼくらに向《む》かってかがみこんできた。

だれかが食べられるの？　いや、そうじゃない。エリーは魚取《さかなと》りのあみにかぶりつくと、二つにひきさいた。あみにかかっていたイカの半分がエリーの口の中に入り、のこりの半分は湖《みずうみ》へこぼれ落《お》ちていった。

「わたしのイカが！」

プリシラは金切《かなき》り声《ごえ》をあげた。

エリーは気にもとめていない。さざ波《なみ》もたてずに、水中にしずんでいく。体をひねって、わき腹《ばら》を上に向《む》けると、大きなひれ足を動《うご》かしながら、深《ふか》い湖《みずうみ》の底《そこ》へと姿《すがた》を消《け》した。

うわー、ぞくぞくしてきた。ぼくはモリーのほうをそっと見た。すっかり心をうばわれて、ことばも出ないみたい。

けれど、プリシラはちがった。赤ちゃんみたいに声をあげて泣《な》きだした。

「わたしの湖《みずうみ》にモンスターなんて、モンスターなんていらないわ」

声がふるえている。

「なあ、おまえ。これがどういうことか、わからんのか？」

牧師《ぼくし》は、泣《な》きじゃくるプリシラのかたをつかんで、おしとどめた。

パースニップ牧師《ぼくし》はおこっていないみたいだ。むしろ、大喜《おおよろこ》びしている。この人も首長竜《くびながりゅう》が好《す》きなのかな？　思ってたほど悪人《あくにん》じゃないのかな？

「わかるわよ！　どういうことか、ちゃんとわかるわ。わたしの湖《みずうみ》に、おそろしい巨大《きょだい》モンスターがいるのよね。あのでかくて、みにくいモンスターのせいで、せっかくの観光客《かんこうきゃく》がこわがってみんなにげちゃうわ！」

プリシラは夫《おっと》の手をふりほどくと、泣《な》きながらまくしたてた。

「なあ、いいか？　その逆《ぎゃく》だぞ。モンスターを見に、世界《せかい》じゅうから観光客《かんこうきゃく》が集《あつ》まってくるんだ！　そして、わしらがのぞむままに、お金を出してくれるだろうよ！」

プリシラは、ふと泣《な》くのをやめた。

「わたしたちがのぞむままに？」

夫《おっと》をうかがうように見ながら、かすれ声でたずねる。

「そうだとも！　大金持《おおがねも》ちになれるぞ！」

パースニップ牧師《ぼくし》はこおどりしながら、歯《は》をむきだしにして笑《わら》った。

「それに、モンスターが湖《みずうみ》の魚を食べつくしたら、殺《ころ》して剝製《はくせい》にして、ロビーに置《お》けるかしら？」

プリシラが声をはずませながらきいた。ほおに赤みがさしてきている。

「ああ、ああ、もちろんだとも！　世界《せかい》じゅうの人から、うらやましがられる！」

牧師《ぼくし》は大喜《おおよろこ》びだ。

モリーは息《いき》をのむと、さけんだ。

「ちょっと！　エリーは殺《ころ》せないわよ。絶滅危惧種《ぜつめつきぐしゅ》なんだから！」

「それはよかった！」

プリシラはぽってりしたピンク色のくちびるのあいだから、白い歯《は》をちらりとのぞかせると、気取《きど》ってほほえんだ。

「そのモンスターを持《も》ってるのは、世界《せかい》じゅうでわたしたちだけなんだものね！」

うれしそうに声をあげて笑《わら》うと、プリシラはつり用ボートの向《む》きを変《か》え、桟橋《さんばし》をめざして全速力《ぜんそくりょく》でもどっていった。

ぼくとモリーは、ぼんやりと立ちつくしていた。笑《わら》ったらいいのか、泣《な》いたらいいのかわからない。さっき生きた首長竜《くびながりゅう》を見たばかりなのに、今度《こんど》はパースニップ夫妻《ふさい》がその首長竜《くびながりゅう》をつかまえて、剝製《はくせい》にしようとしているんだ。

あの人たちをなんとかして止めなきゃ。

モリーはオールをつかむと、岸《きし》へもどろうと力強くこぎはじめた。

こしをおろすまもなくボートが動《うご》きだしたので、ぼくはあやうく湖《みずうみ》に落《お》ちるところだった。

「これからどうするの？」

ようやくバランスを取《と》りもどして、ぼくはたずねた。

モリーはふり向《む》くと、ぼくを見つめた。なにか強く心に決《き》めたことがあるみたい。

「あたしたちにできることは、ただ一つ。栓《せん》をぬくのよ」

第《だい》９章《しょう》　作戦開始《さくせんかいし》

湖《みずうみ》の岸《きし》に着《つ》いたとたん、モリーはボートを飛《と》びおりて走りだした。どこへいくんだろう？　でも、どっちにしても、いき先をまちがえてるぞ。そっちにはなにもない。草ぼうぼうで、ごみだらけの沼地《ぬまち》が広がっているだけだ。

「どうかしてるよ。どこへいくつもりなの？　作戦《さくせん》を立てなきゃいけないんだよ」

モリーを追《お》いかけながら、ぼくは大声で文句《もんく》をいった。

「作戦《さくせん》はあるの。栓《せん》をぬくつもり」

モリーがさけび返《かえ》す。

「栓《せん》をぬく？　それ、どういう意味《いみ》だよ？　湖《みずうみ》なんだぞ、バスタブじゃないんだ」

木の枝《えだ》の下をくぐりながら、ぼくは聞《き》き返《かえ》した。

「わかってる。でも、ちゃんと栓《せん》があるの」

ふざけてるんだな。ぼくは走るのをやめて、くるりと回れ右したくなった。もっと役《やく》に立つことをしなきゃいけないのに。

湖《みずうみ》にもどったパースニップ牧師《ぼくし》が、だれかに命令《めいれい》している大きな声が聞こえてきた。ボートを何そうか出すみたい。みんなして、エリーを探《さが》すつもりだ。

「もう時間がないんだ。作戦《さくせん》を立てなきゃ。かしこい作戦《さくせん》をさ」

ぼくはモリーにどなった。

モリーがぱっとふり向《む》いた。

「湖《みずうみ》の栓《せん》をぬいて、エリーが海へ出られるようにする。これが、かしこい作《さく》戦《せん》なの。そうすれば、にげられるでしょ」

ぼくはあきれてモリーをまじまじと見た。

「もう一度だけいうぞ。湖《みずうみ》に栓《せん》なんてないよ！」

「じゃあ、あれをなんて呼《よ》んだらいいの？」

モリーは、むりやりぼくをひっぱってイバラのしげみをぬけると、指《ゆび》さした。

あった。栓《せん》だ。

ぼくらの目の前は、草だらけの大きなみぞだった。沼《ぬま》地《ち》に大きなみぞがあったんだ。

そして、みぞのつき当たりには湖《みずうみ》が広がっていた。ここは、湖《みずうみ》の水が沼《ぬま》地《ち》へ流《なが》れこむ出口で、大きなみぞは干《ひ》上《あ》がった川床《かわどこ》だ。その川床《かわどこ》と湖《みずうみ》のあいだに、クレーターだらけの巨《きょ》大《だい》な岩がどっかりとはまりこんでいた。

こんなの、今まで見たことないや。岩はだは、すべすべでつやがあった。まるでほかの惑星《わくせい》から来たみたいだ。それに、なんてったってばかでかい。岩は湖《みずうみ》の水を完全《かんぜん》にせき止めていた。もし、みぞがこれほど草ぼうぼうでなければ、ずっと遠くからだってはっきり見えるだろう。

ぼくは、はうようにして、みぞの底《そこ》へ下りた。目の前に大きく立ちはだかる岩は、ぼくの頭をはるかにこえる高さだ。そっと手をのばしてさわってみた。ひょっとして、宇宙船《うちゅうせん》？　中に宇宙人《うちゅうじん》がいるのかな？　おでこに目がついてる、ぶきみな青色の宇宙人《うちゅうじん》だったりして？

「これなに？」

ぼくは声をひそめてきいた。

「隕石《いんせき》。宇宙《うちゅう》から飛《と》んできた岩だよ」

モリーは答えた。

すげえ。ぼくのスゲエレベルは、八〇パーセントくらいまでいった。これより上へいったのは、エリーだけだ。ぼくは今、ほんとにすごい朝をすごしている。

「恐竜《きょうりゅう》を絶滅《ぜつめつ》させた隕石《いんせき》かな？」

ぼくはモリーにきいてみた。

「まさか。それはもっと大きい隕石《いんせき》だよ。これは最近《さいきん》になって落《お》ちたんだと思う。百万年くらい前かな。そのときに川をふさいで、湖《みずうみ》ができたってわけ」

かっこいいじゃん。隕石《いんせき》で栓《せん》をするなんてさ。おふろの時間がずっと楽しくなるよね。

「これからどうするの？」

ぼくはモリーにたずねた。

「どかすの」

ぼくは隕石《いんせき》をしげしげとながめた。太陽《たいよう》の光をほとんどさえぎるくらい大きいんだけどな。

「あの……それって、どうやるのさ？」

モリーはぼくをじっと見すえていった。

「ビッグバン級《きゅう》のでっかい爆発《ばくはつ》を起《お》こすの」

第《だい》10章《しょう》　ビッグバン級《きゅう》の大爆発《だいばくはつ》!?

ビッグバン、ぼく流《りゅう》にいいかえると、「宇宙《うちゅう》の巨大《きょだい》ドカン！」は、宇宙《うちゅう》で最《さい》大級《だいきゅう》のでっかい爆発《ばくはつ》だった。岩石やら、なにかのかたまりやら、破片《はへん》やらが、宇宙《うちゅう》のいたるところへ飛《と》びちった。岩石がいくつかより集《あつ》まって、惑星《わくせい》になることもあった。

すごく熱《あつ》いままのものは、太陽《たいよう》になった。けれど、しばらく岩石のまま飛《と》び回《まわ》ってから、べつの星雲へいっちゃうものもあった。そんな岩石を隕石《いんせき》っていうんだ。

隕石《いんせき》は、いき先なんてちゃんと見てないから、ときには惑星《わくせい》に向《む》かってまっすぐつっこんでいく。およそ百万年前、そうやって、ここにある隕石《いんせき》は地球《ちきゅう》にしょうとつしたんだ。ビッグバンのせいで、隕石《いんせき》が地球《ちきゅう》に来たんだから、元通り送《おく》り返《かえ》すには、ビッグバン級《きゅう》の大爆発《だいばくはつ》を起《お》こさなくちゃいけない。そのやり方は、ぼくがよく知っていた。

ぼくとモリーはいったんわかれた。モリーはキャンピングカーへ、ぼくはおじいちゃんの家へ。作戦開始《さくせんかいし》だ。もうあまり時間がない。

ぼくは家の中を見回した。T《ティー》で始《はじ》まるものを探《さが》さなきゃ。まず、ぼくの寝室《しんしつ》からだ。T《ティー》シャツ（T-shirt）、タンバリン（tambourine）、おもちゃ（toy）、ティラノサウルス（Tyrannosaurus）。出だしは上々《じょうじょう》。

集《あつ》めたものを全部《ぜんぶ》、ごみ用ポリぶくろに入れると、洗面所《せんめんじょ》へかけこんだ。ねり歯《は》みがき（toothpaste）、足指《あしゆび》クリーム（toe cream）、トイレ用洗剤《せんざい》（toilet cleaner)、温度計《おんどけい》(thermometer)。なかなかいいぞ。ぼくは次《つぎ》から次《つぎ》へとポリぶくろへほうりこみ、一階《かい》へ下りた。

あとは、キッチンだ。ぼくは戸だなを開《あ》けて、中に入っているものをざっと見た。とうふ(tofu)、ティーバッグ(tea bag)、タバスコソース(tabasco sauce)。全部《ぜんぶ》持《も》っていこう。おまけに、トマト(tomato)もだ。

ぼくはポリぶくろをのぞきこみ、集《あつ》めたものを見た。T《ティー》で始《はじ》まるものがたくさんある。でも、まだ足りないかもしれない。だれか手伝《てつだ》ってくれないかな。

リビングルームから大きな音が聞こえてきた。急《いそ》いでいってみると、おじいちゃんが窓《まど》に厚《あつ》い板《いた》をくぎで打《う》ちつけていた。

「おじいちゃん?」

ぼくが声をかけると、おじいちゃんはがばっとふり向《む》いた。

「ああ、おまえか。敵《てき》の側面攻撃《そくめんこうげき》を受《う》けたかと思ったぞ! 今、こっちの守《まも》り

Tで始《はじ》まるもの

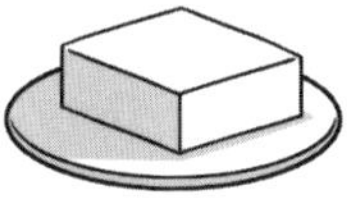

とうふ

tofu《トーフ》

ねり歯《は》みがき

toothpaste《トゥース ペースト》

Tシャツ

T-Shirt《ティーシャツ》

ティーバッグ

tea《ティー》 bag《バッグ》

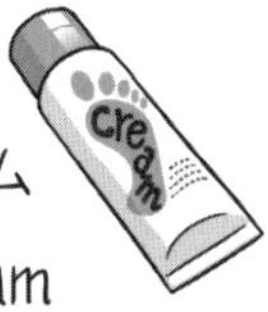

足指《あしゆび》クリーム

toe《トー》cream《クリーム》

おもちゃ

toy《トイ》

タンバリン

tambourine《タンバリン》

タバスコソース

tabasco《タバスコ》 sauce《ソース》

トイレ用洗剤《ようせんざい》

toilet《トイレット》cleaner《クリーナー》

トマト

tomato《トマト》

温度計《おんどけい》

thermometer《サーモメーター》

ティラノサウルス

Tyrannosaurus《ティラノサウルス》

を固《かた》めているところだ」
おじいちゃんは古ぼけた軍服《ぐんぷく》を着《き》て、ヘルメットをかぶっている。たのもしいおじいちゃん。パースニップ夫妻《ふさい》でも、簡単《かんたん》にはこの家を取《と》り上《あ》げられないだろうな。

「おじいちゃん、T《ティー》で始《はじ》まるものって、どこかにある？」

「どこかでティータイム？　そりゃ、いい考えだ。戦《たたか》いの前は水分補給《ほきゅう》が大切だからな。わしの水筒《すいとう》は物置《ものおき》にあるぞ」

そうだ、物置《ものおき》だ！　あそこはまだ探《さが》してなかったっけ。ぼくは家の外へ走り出た。物置《ものおき》のシャッターをおし上げると、中をのぞいてみる。なにかあるかな？　ティーツリーオイル（tea tree oil）に、チューリップの球根《きゅうこん》（tulip bulbs）。なかなかよさそうだ。オイルは中身《なかみ》をポリぶくろに入れた。

ペンキの缶《かん》がならんでいるうしろ側《がわ》にもあるぞ。タピオカミックス（Tapioca

mix）のびんだ。きっと、おばあちゃんが手作り料理《りょうり》に使《つか》ったんだな。

おじいちゃんが、びんにふせんをはっている。「可燃性《かねんせい》」って書いてあるけど、どういう意味《いみ》かさっぱりわからないや。取《と》りあえずT《ティー》で始《はじ》まっているから、ポリぶくろに入れた。これでじゅうぶんだろう。

「おじいちゃん、いってきまーす」

家の外から声をかけると、ぼくは大急《おおいそ》ぎで隕石《いんせき》のところへもどっていった。

湖《みずうみ》では、パースニップたちの動《うご》きが活発《かっぱつ》になっていた。もりやあみを積《つ》んだ大型《おおがた》のモーターボートが、何そうも見える。たぶんエ

Tで始《はじ》まるもの

ティーツリーオイル
tea《ティー》 tree《ツリー》 oil《オイル》

チューリップの球根《きゅうこん》
tulip《チューリップ》 bulbs《バルブス》

タピオカミックス
Tapioca《タピオカ》 mix《ミックス》

リーを探《さが》し当《あ》てるために、ソナー装置《そうち》を使《つか》ってるんだ。音波《おんぱ》を湖《みずうみ》の底《そこ》に反射《はんしゃ》させて、底《そこ》になにがあるかをさぐる装置《そうち》だ。

コウモリが音波《おんぱ》を使《つか》ってまわりにあるものを知るやり方に、ちょっと似《に》ている。理科の授業《じゅぎょう》で習《なら》ったんだけど、たしか「エコーロケーション」っていうんだ。ソナー装置《そうち》を使《つか》っているなら、エリーを見つけるにちがいないや。急《いそ》がなくちゃ。

ようやく待《ま》ち合《あ》わせの場所へ着《つ》いたら、モリーはもう来ていた。

「なにか見つかった？」

「いろいろ」

モリーがふくろを開《あ》けたので、ぼくは中をのぞいてみた。ナッツ（nuts）、ナプキン（napkin）、ラーメン（noodle）、くぎ（nails）。どれもN《エヌ》で始《はじ》まるものばかりだ。よし、準備《じゅんび》はできた。ぼくはしっかりとうなずいてみせた。

「さあ、やるぞ」

ふたりで隕石《いんせき》のそばまでふくろを運《はこ》ぶ。

「うまくいく自信《じしん》あるの？」

モリーがきいた。

「もちろんさ。専門家《せんもんか》から聞いたんだ」

ほんとうだよ。爆薬《ばくやく》のことならなんでも知ってる上級生《じょうきゅうせい》がいるんだ。名前はスパッド。スパッドが、ずっと前に作り方を教えてくれた。

「いいかい、モリー。これは、すばやくやらなきゃだめなんだ。全部《ぜんぶ》が混《ま》ざったとたんに、爆発《ばくはつ》するからね」

ぼくらはふくろを持《も》ち上《あ》げて、中身《なかみ》をあけようとかまえた。

「だれにも見つからなきゃいいけど」と、モリー。

「だいじょうぶ。みんな、湖《みずうみ》に出てるよ。ぼくらがここにいるなんて、だれも知るもんか」

そういったとたん、だれかの手がのびてきて、ぼくをむんずとつかんだ。

「それはちがうと気づいてもらおうか。今ここでなあ」

手の持《も》ち主《ぬし》が、まのびした声でいった。

第《だい》11章《しょう》　TNT《ティーエヌティー》火薬《かやく》

ぼくは思わずふり返《かえ》った。

パースニップ牧師《ぼくし》がばかにしたようにぼくをじっと見ていた。まるで、くさいものをふみつけたような顔をしている。

「どうして湖《みずうみ》に出てないの？」

ぼくは泣《な》きそうな声でたずねた。

「それはな、わしが金持《かねも》ちだからだ。めんどうな仕事《しごと》は、人をやとって代《か》わりにしてもらえる」

パースニップ牧師《ぼくし》はぼくらのほうへかがみこんだ。

「おかげで、おまえたちのような、おせっかいな子どもを見はれるんだ」

ひーっ！　息《いき》をすいこんだまま、はき出せないような気がした。でも、実行《じっこう》に移《うつ》さなきゃ。ぐずぐずしているひまはない。

「早くやるんだ。今すぐに！」

ぼくは声を殺《ころ》してモリーにいった。

パースニップ牧師《ぼくし》がぼくをひっぱっていこうとした。でも、隕石《いんせき》のそばでもたもたしているうちに、ぼくはふくろの中身《なかみ》をぶちまけた。モリーも同じようにした。そして、いつ爆発《ばくはつ》するかと待《ま》ちかまえた。

けれど、なにも起《お》きなかった。

ふくろの中身《なかみ》がすべていっしょくたになって、べとべとしたものが地面《じめん》に流《なが》れ落《お》ちただけだ。

パースニップ牧師《ぼくし》は、ぼくをおしのけて、こしをかがめると、ごみの山をじっとながめた。

「生意気《なまいき》なチビどもが、いったいなにをたくらんでるんだあ？」

うそをいってもむだだと観念《かんねん》して、ぼくは正直に答えた。

「TNT《ティーエヌティー》」

「なんだと？」

パースニップ牧師《ぼくし》はふり返《かえ》って、ぼくの顔をのぞきこんだ。

「そこにあるのは、TNT《ティーエヌティー》っていうめちゃくちゃ強力な火薬なんだ。この隕石《いんせき》を宇宙《うちゅう》へ送《おく》り返《かえ》すんだよ」

ぼくは堂々《どうどう》としゃべっていたつもりだったけど、とちゅうから、なんだか自分がまぬけに思えてきた。

「TNT《ティーエヌティー》だと？」

パースニップ牧師《ぼくし》は目を細めながら、たずねた。

「そう、TNT《ティーエヌティー》火薬《かやく》だよ。上級生《じょうきゅうせい》に作り方を教わったんだから」

パースニップ牧師《ぼくし》の顔に、かすかに意地悪《いじわる》なほほえみがうかんだ。

「それで、上級生《じょうきゅうせい》は、おまえにいったいなにを教えたんだあ？」

「簡単《かんたん》だよ。T《ティー》で始《はじ》まるものとN《エヌ》で始《はじ》まるものを混《ま》ぜて、その上からまたT《ティー》で始《はじ》まるものを混《ま》ぜるんだ」

説明《せつめい》しながら、ぼくはどんどん自信《じしん》がなくなっていった。

それまで、うっすらほほえんでいたパースニップ牧師《ぼくし》が、にたにた笑《わら》いだした。そのうち、ゆっくりと声をあげて笑《わら》いはじめたんだ。

「はっはっはっ！」

とてもうれしそうに笑《わら》いながら、パースニップ牧師《ぼくし》は骨《ほね》ばった指《ゆび》で、地面《じめん》に広がったべとべとのごみをさした。

「そんなやり方で、TNT《ティーエヌティー》火薬《かやく》が作れると思ったのか？」

ぼくは顔が赤くなるのを感《かん》じた。

「タ、タ、タピオカミックスも入れたんだぞ。カンネンセイなんだからな！」

ぼくはつっかえながら、いい返《かえ》した。

「はっはっはっ！　カンネンセイじゃなくて可燃性《かねんせい》だろう！　はっはっはっ！

カンネンセイだって！　ひっひっひっ！」

ドッカ———ン！

ぼくたちは三人とも、うしろへふっ飛《と》んだ。

まわりが音と光に包《つつ》まれた。ふと目を上げると、隕石《いんせき》が空に向《む》かって飛《と》んでいくのが見えた。耳をつんざくような音をたてながら、燃《も》えさかる炎《ほのお》の尾《お》をひいている。

うまくいった。ほんとうに、うまくいったんだ！　隕石《いんせき》を宇宙《うちゅう》へ送《おく》り返《かえ》した

ぞ！

「モリー、やったよ！」

ぼくはモリーに向《む》かってさけんだ。でも、モリーは返事《へんじ》をしなかった。血《ち》の気《け》のうせた顔をして、じっと湖《みずうみ》のほうを向《む》いたままだ。

「なんだよ？　どうしたんだよ？」

ぼくがきくと、モリーはおびえたように目を見開《みひら》いて、ただ指《ゆび》さしただけだった。

ぼくは思わずふり返《かえ》ってみた。

うおお！　水のかべが大きな音をひびかせながら、こっちへ向《む》かってくる。九メートルくらいある水のかべだ。

この作戦《さくせん》、もっとじっくり練《ね》ったほうがよかったかな。

第《だい》12章《しょう》　サ・ウルス号《ごう》、出航《しゅっこう》

パースニップ牧師《ぼくし》のかん高い悲鳴《ひめい》で、ぼくのこまくは破《やぶ》れそうになった。

モリーが手をのばしてきて、ぼくの手をつかんだ。

「あんたと知り合いになれてよかったよ」

ぼくはモリーのほうを向《む》くと、ささやき返《かえ》した。

「ぼくも、きみと会えて楽しかったよ」

水のかべは、すごいいきおいで近づいてきた。パースニップ牧師《ぼくし》の悲鳴《ひめい》がふいにとぎれ、あっというまに姿《すがた》が消《き》えた。ぼくは目を閉《と》じ、かくごした。

ドドーーーッ！

水はまるでトラックみたいにぶつかってきた。ぼくはふっ飛《と》ばされ、水が鼻《はな》からも口からもいっぱい入ってきた。

目を開《あ》けてみると、ぼくは水の中にいた。自分が上を向《む》いてるのか、下を向《む》いてるのか、左か右か、さっぱりわからない。ただ、まわりを水がゴウゴウと音をたてて流《なが》れていくだけだ。

モリーがぼくの手をしっかりにぎりしめている。ぼくもぎゅっとにぎり返《かえ》した。モリーがなにかいおうとしているけど、声にならない。いいんだ。どうすることもできないよ。水の力が強すぎるんだ。

サーーーッ！

なにかでっかいものが、ぼくらの真下《ました》へよってきた。すごく大きくて、速《はや》くて、力強い。次《つぎ》のしゅんかん、ぼくらは水の中をいきおいよく、光に向《む》かって上がっていった。

ハアーッ！

ぼくは息《いき》をつくと、思い切り空気をすいこんだ。水面《すいめん》にうかび上がったんだ。

やった！　助《たす》かったぞ！

「トマス！　トマスったら！」

モリーだ。モリーが両手《りょうて》でぼくのこしにつかまりながら、耳元でさけんでいる。

「エリーよ！　エリーがあたしたちを助《たす》けてくれた！」

下に目をやったぼくは、思わず心臓《しんぞう》が止まりそうになった。

がっしりと大きいエラスモサウルスに乗《の》ってたんだ！

ぼくはエリーの首のつけ根《ね》にすわっていた。エリーの四本のでっかいひれ足が力強く水をかいている。五メートルはある長い首が、ぼくの目の前にのびて

いた。青とも緑《みどり》ともつかない色のひふは、太陽《たいよう》の光を受《う》けて、さざ波《なみ》のようにゆらめいて見える。こんなにすばらしい生《い》き物《もの》を、ぼくは知らない。

「ヤッホ――！」

モリーがさけんだ。

ぼくはうしろを見てみた。沼地《ぬまち》はすっかり水びたしだ。サウルス湖《こ》からあの大きなみぞへ流《なが》れこんだ水が、巨大《きょだい》な渦《うず》をまきながら、ぼくらのほうへおしよせてくる。つり用ボートが何そうもくるくる回って、ひっくり返《かえ》るのが見えた。

「あんたのおじいちゃんの家だ！　あたしたち、まっすぐそっちへ向《む》かってるよ！」

モリーが大声をあげた。

ぼくは前を見た。ほんとだ。水がまっすぐおじいちゃんの家に向《む》かって流《なが》れていく。どうしよう！　家がたおされちゃう！

水がいきおいよく裏口《うらぐち》から入っていった。家がばらばらになっちゃう！　いや、だいじょうぶ。水は玄関《げんかん》のドアをつき破《やぶ》ってほとばしり出ていった。家は左にぐっとかたむき、キーー、ミシミシと音をたてながら、水面《すいめん》にうかび上がった。

おじいちゃんとおばあちゃんが、家といっしょに流《なが》されていくぞ！

「タリホー！」

おじいちゃんが二階《かい》の窓《まど》から体を乗《の》り出《だ》して、声をはり上げた。タリホーって、「敵《てき》を発見《はっけん》したぞ」っていう意味《いみ》なんだ。軍隊《ぐんたい》のヘルメットが、太陽《たいよう》に照《て》らされてかがやいている。

「いかりを上げろ！　帆《ほ》を上げよ！　サウルス号《ごう》の出航《しゅっこう》だ！」

メリメリッと、木のさける音がしたかと思うと、家は表《おもて》のフェンスをこっぱみじんにしてサウルスストリートへと出ていった。エリーがぐんと速度《そくど》を上げてあとを追《お》う。

「おはよう、ウィルコットさん！」

おじいちゃんが大声で話しかけている。

左を向《む》くと、ふわふわのスリッパをはいたウィルコットさんが玄関先《げんかんさき》に立ったまま、口をあんぐり開《あ》けてぼくらを見ていた。

「ごみ箱《ばこ》を外に出すのをわすれるな！　あしたはごみの収集日《しゅうしゅうび》だからな」

おじいちゃんがどなった。

水の流《なが》れがどんどん速《はや》くなり、大きくうねる波《なみ》になっていった。サウルスストリートの住民《じゅうみん》たちが玄関前《げんかんまえ》の階段《かいだん》でぽかんとして立ちつくすなかを、ぼくらはすごいいきおいで通りすぎていった。おしよせる水に、車も流《なが》されていく。

ふいにうしろのほうから、気弱そうなさけび声が聞こえてきた。

「なあ、おまえ！　ひっぱり上げてくれよう！」

まちがいない。あのまのびした声は、パースニップ牧師《ぼくし》だ。ぼくは首をひねってうしろを見た。パースニップ夫妻《ふさい》のつり用ボートが、うなりをあげながらこっちへ向《む》かっていた。

パースニップ牧師《ぼくし》はボートのへりにしがみつき、必死《ひっし》でよじ登《のぼ》ろうとしている。けれど、おくさんのプリシラはボートの速度《そくど》を落《お》とそうとしなかった。血《ち》の気《け》のうせたくちびるで、目をかっと見開《みひら》き、前のめりにハンドルを切っている。あざやかなピンクのフィッシングベストは、よごれてぼろぼろだった。

プリシラが仕返《しかえ》しにやってきたんだ。

第《だい》13章《しょう》　ほんとうのモンスター

「あんたたちが、わたしの湖《みずうみ》をめちゃくちゃにしたんだ！」

プリシラはギャーギャーとさけんだ。ボートは、猛《もう》スピードでぼくらにせまってくる。エリーはけんめいにひれ足を動《うご》かして速度《そくど》を上げたけど、ボートはおそろしく速《はや》かった。

プリシラはぐんぐん近づいてきた。かっと見開《みひら》いた目の毛細血管《もうさいけっかん》一本一本が見えるくらいだ。

「わたしのイカをにがしたわね！　大切なモンスターまでぬすんで！」

プリシラは金切り声《かなきりごえ》でさけびながら、ぼくらに向《む》かってにぎりこぶしをふり回した。

そして、つりざおをつかむと、ボートのハンドルが動《うご》かないようにさしこみ、よろよろしながら船首へと向《む》かった。プリシラがなにかをぐいっとつかんだ。あれは、もり打《う》ち砲《ほう》だぞ。

「なあ、おまえ！　たのむから！　ボートの速度《そくど》を落《お》としてくれよう。上にあがれないじゃないかあ……」

パースニップ牧師《ぼくし》があわれな声でうったえた。

せいいっぱい足をのばしてへりをまたごうとしているのに、何度《なんど》やっても足がつるりとすべってしまうんだ。

プリシラはきっとしてふり向《む》くと、夫《おっと》をにらみつけて、いいはなった。

「あなたのいうことなんか聞かなきゃよかった。この人たちにあまい顔をしすぎたわ。家なんてたたきこわして、サウルスストリートから立ちのかせればよかったの。警察《けいさつ》につき出しちゃえばよかったのよ！」

「でもなあ、おまえ。もう終《お》わったんだ。どうしようもないじゃないか。ロッジを建《た》てる計画はおしまいだ！」

牧師《ぼくし》は悲《かな》しげにさけんだ。

「わたしがおしまいっていうまでは、おしまいじゃないっ！」

プリシラは金切《かなき》り声《ごえ》でわめきたてた。

「ロッジのために、持《も》ってるお金すべてをなげうったんだからね。そのモンスターは……わたせないのよっ！」

プリシラは船首にたどりついた。完全《かんぜん》にぶち切れている。

もり打《う》ち砲《ほう》をつかむと、まっすぐぼくらにねらいをさだめた。ひき金に指《ゆび》をかける。

ぼくは歯《は》をくいしばり、もりが体につきささるのをかくごして……

グルルルル。

プリシラがぴたりと動《うご》きを止めた。

水の底《そこ》からうなり声が聞こえてくる。あたりの空気をふるわせるほど太く、ひびきのある声だ。

「あれは、なんだろう？　エラスモサウルスがもう一ぴきいるのかな？」

ぼくはモリーにきいてみた。

でも、そんなはずはない。エリーのような声じゃないんだ。もっと大きくて、そうぞうしくて、おそろしい。

グルルルルル！

パースニップのボートのうしろに、なにかすごく大きいものが水中からうかび上がってきた。ぞっとするような生《い》き物《もの》だ。

最初《さいしょ》に目が出て、次《つぎ》にばかでかい鼻《はな》、最後《さいご》にその巨体全体《きょたいぜんたい》があらわれた。そいつはもう一度《いちど》ほえたてた。

ぼくはおなかがぎゅっとしめつけられたようになった。うそだろ。ほんとにいたんだ。ぼくの夢《ゆめ》に出てくるおそろしい緑《みどり》の水生《すいせい》モンスター。

「あれは、クロノサウルスだよ」

モリーがこわそうにささやいた。

第《だい》14章《しょう》　しょうが入りクッキー

クロノサウルスが、がぶりとひとかみすると、ボートはつぶされた。パースニップ夫妻《ふさい》は悲鳴《ひめい》をあげ、手足をばたばたさせながら、渦《うず》まく水の中へ落《お》ちていった。

けれど、クロノサウルスはふたりを食べにいこうとはしなかった。もっと大きなえものに目をつけたんだ。巨大《きょだい》なしっぽを打《う》つと、クロノサウルスはボートの破片《はへん》をおしのけて、ぼくらに向《む》かってきた。

「だから、エリーはあんたんちのトイレへいったんだ。食べるものを探《さが》してたんじゃなくてさ、あいつからにげようとしたんだよ！」

モリーは大声でいった。

クロノサウルスはものすごいいきおいで、ぐんぐんぼくらに近づいてくる。

「もっと速《はや》く進《すす》まなきゃ！」

ぼくがさけんだとたん、クロノサウルスが水から飛《と》び出《だ》して、ぼくらのすぐそばへ、ザッバ――ンと落《お》ちてきた。ぼくの頭からほんの数センチのところで、でっかい口が音をたてて閉《と》じた。

「早く！　家の中へ！」

モリーが声をはり上げた。

「な、なんだって？」

ぼくは早口で聞《き》き返《かえ》した。

「家よ！　家の中へ入るの！」

モリーはくり返《かえ》した。

かじを取《と》れってことか。首長竜《くびながりゅう》のかじ取《と》りなんて、よくわからないけど、こんなチャンスはないもんね。

進路《しんろ》を左へ向《む》けなくちゃ。ぼくはエリーの首を左へおしてみた。うまくいったぞ！　エリーは体をよじると、家に向《む》かって、つき進《すす》んでいった。

「裏口《うらぐち》から入るの。クロノサウルスは大きすぎて、きっと戸口でつっかえちゃう」

モリーが大声で命令《めいれい》した。

ぼくらだって、つっかえそうな気はしたけど、やってみるしかない。クロノサウルスはすぐうしろまで追《お》い上《あ》げてきてるんだ。今にもおそいかかってくるぞ！

エリーはしっぽをいきおいよくふるると、スピードを上げて家の裏口《うらぐち》を通りぬけた。よかった！　エリーは細身《ほそみ》だから、つっかえずにすんだ。

「ほらね、あいつをうまくふり切った」

モリーがいったとたん、バリバリバリ！

だめだ。クロノサウルスはドアのわくをぶちこわし、ぼくたちを追《お》って突進《とっしん》してきた。

「早く早く！」

モリーがどなった。

猛《もう》スピードでろうかを通りぬけるぼくらを、クロノサウルスが追《お》ってくる。

「右へ曲《ま》がって！」

モリーが悲鳴《ひめい》のような声をあげた。

ぼくらはバスルームにつっこんでいった。すぐそばを洗面台《せんめんだい》がぷかぷか流《なが》れていく。その横《よこ》でぼくのスパイダーマン歯《は》ブラシがぴょこぴょこ、うきしずみしていた。

「きっと、だれかが水道を出しっぱなしにしたんだろうねえ」

おばあちゃんが、ぼくらの目の前にいた。バスタブに乗《の》ってただよいながら、マフラーを編《あ》んでいる。

「でも、だいじょうぶ。おじいちゃんが水道工事《こうじ》の人に電話をかけたと思うよ」

ドーーン！

クロノサウルスがうしろのかべをつき破《やぶ》って、大きく口を開《あ》けた。

「おばあちゃん、早く！　飛《と》び乗《の》って！」

ぼくはさけぶと、おばあちゃんのうでをつかんで、エリーの背中《せなか》へひっぱり上げた。ぎりぎりセーフ！　クロノサウルスの巨大《きょだい》な口がバスタブをかみくだいて粉々《こなごな》にした。

「らんぼうじゃないか。あれは年代物《ねんだいもの》だったんだよ」

おばあちゃんが舌打《したう》ちをした。

とつぜん、家全体《ぜんたい》が、がくんと左にかたむいた。クロノサウルスが家のかべをつき破《やぶ》り、そのあとから、エリーもがれきといっしょに流《なが》されていく。

「水よ！　湖《みずうみ》の水が、サウルスストリートのはしまでおしよせたんだ。大きくなった波《なみ》が、今にもくずれ落《お》ちそうになってる！」

モリーのいうとおりだ。ぼくらは、もうれつないきおいで海へ向《む》かって落《お》ちようとしていた。巨大化《きょだいか》した波《なみ》が三十メートルもの高さになっていたんだ。

まわりには、車や木や、ボートの破片《はへん》がいっしょに流《なが》れている。ぼくらはその波《なみ》のちょうどてっぺんにいて、今まさに、はるか下の海へたたきこまれようとしていた。

「どうすればいいのよ？」

モリーがわめきたてた。

うしろを見ると、クロノサウルスがしつこくせまってきていた。まだあきらめてなかったんだ。でっかい口を大きく開《あ》けている。もうどこにもにげられないよ。

「しょうが入りクッキーはどうだい？」

おばあちゃんが缶《かん》をさし出した。きっと編《あ》み物《もの》の下にかくしてたんだな。中には、おばあちゃん手作りのしょうが入りクッキーがいっぱい入っていた。

おばあちゃんのしょうが入りクッキーか！　前に食べたことがあるぞ。体がふっ飛《と》ぶくらい強烈《きょうれつ》だったっけ！　これにくらべたら、あのタピオカミックスなんて糖《とう》みつのタルトだ！

「一缶全部《ひとかんぜんぶ》、ちょうだい！」

ぼくがさけぶと、おばあちゃんは満足《まんぞく》そうに笑《わら》った。自分の料理《りょうり》をほめてもらうのが、大好《だいす》きなんだ。

「あ———っ！」

モリーが悲鳴《ひめい》をあげた。

クロノサウルスが口をぱっくり開《あ》けて、あと数センチのところにいる！

「たくさんめしあがれっ！」

ぼくはさけぶと、しょうが入りクッキーを缶《かん》ごと、クロノサウルスののどのおくめがけて投《な》げ入《い》れた。

ゴックンと音をたてて、クロノサウルスは飲《の》みこんだ。

次《つぎ》のしゅんかん、ゴボゴボ、シューッと音をたてながら、クロノサウルスの鼻《はな》の穴《あな》からけむりがふきだしはじめた。口を閉《と》じると、おなかが大きくふくれ上がった。あまりいい気分じゃないみたい。

ドッカーン！

クロノサウルスが爆発《ばくはつ》した。うわーっ、すごい突風《とっぷう》だ！　爆風《ばくふう》は、なだれを打《う》って落《お》ちようとしていた水も、クロノサウルスの体も、とどろきわたる音とともにふき飛《と》ばした。ぼくらは空高くまい上がった。

「しっかりつかまって！」

モリーはさけぶと、ぼくの手をぐっとつかんだ。ぼくはおばあちゃんの手をぎゅっとにぎった。

「ひゃっほーーい！」

おばあちゃんは思いきり楽しんでいるみたい。

うわーーーっ！　空中でくるりと宙返《ちゅうがえ》り。ぼくらはまっ逆《さか》さまに、通りに向《む》かって落《お》ちていった。このままいったら、地面《じめん》にぶつかっちゃうよ。

そのとき、なにかがくるくる回転《かいてん》しながら、そばを通りかかった。おじいちゃんの家だ！

「わしの手につかまれ！」

おじいちゃんが二階《かい》の窓《まど》から体を乗《の》り出《だ》していた。軍隊《ぐんたい》のヘルメットがまだちゃんと頭にのっかっている。

モリーが手をのばし、おじいちゃんの手をつかんだ。そして、みんないっしょに、サウルスストリートに向《む》かって、くるりくるりとらせんをえがくように下りていった。

第《だい》15章《しょう》　さよなら、エリー

バリバリバリッと大きな音をたてて、ぼくらはなにかの上に着地《ちゃくち》した。家全体《ぜんたい》がはげしくゆれたけど、ばらばらにこわれずにすんだ。古い家でも、がんじょうなつくりなんだ。

ぼくらは窓《まど》までよじ登《のぼ》って、家の中へ入っていった。

「あたしたち、どこにいるの？」

モリーにきかれて、ぼくはあたりを見回した。生《い》け垣《がき》や花壇《かだん》や、でっかい噴《ふん》水《すい》のある広い庭《にわ》の真《ま》ん中《なか》に落《お》ちちゃったみたい。

庭《にわ》のまわりには、鉄製《てっせい》のフェンスがはりめぐらされている。このフェンス、見おぼえがあるぞ。

おじいちゃんがげらげら笑《わら》いだした。

「あいつらは、わしの家を取《と》っぱらいたがってたからな。のぞみがかなったってわけだ」

そういうと、おじいちゃんはまたげらげら笑《わら》った。

それで、ぼくははっと気がついた。パースニップの庭《にわ》に着地《ちゃくち》したんだ。ぐるっとあたりを見回してみる。

「でも、家はどこにあるんだろう？」

モリーがおじいちゃんといっしょになって笑《わら》いだした。

「あたしたち、家の真上《まうえ》に落《お》ちちゃったんだよ！」

ぼくは窓《まど》から体を乗《の》り出《だ》すと、下をのぞきこんだ。

そこには、おじいちゃんの家におしつぶされて、ぺちゃんこになったパースニップの屋敷《やしき》があった。

ドターーン！

空からなにかが落《お》ちてきて、ぼくらのとなりに音をたてて着《ちゃく》地《ち》した。

モリーのキャンピングカーだ。

ドアが開《ひら》いて、びしょぬれになったスコットランド人の男がよろよろと出てきた。

「ああ、ちぃっとばかし、ぬれちまったわい」

そういいながら、キルトの水をしぼっている。

いきなり、モリーがぼくの手をつかんで、息《いき》をのんだ。

「見て、エリーが泳《およ》いでる！うまくいったんだ！」

モリーは海のほうを指《ゆび》さした。サウルス湖《こ》の水がすっかり海に流《なが》れこんでいく。その海で、巨大《きょだい》な首長竜《くびながりゅう》がしなやかに水と

たわむれていた。太陽《たいよう》の光を浴《あ》びて、淡《あわ》い青色の体がきらきらとかがやいている。エリーって、やっぱり最高《さいこう》だな。

「オーマ――」

波間《なみま》にかくれるとき、エリーが声をあげた。

ぼくは思わずほほえんだ。なんだかぼくの名前を呼《よ》んでるみたいに聞こえたんだ。

第《だい》16章《しょう》　真夜中《まよなか》の窓辺《まどべ》で

ぼくは目をさまして、時計を見た。真夜中《まよなか》だった。

魔女《まじょ》が出る時間だ。

木々《きぎ》が風でさわさわと鳴り、家がギー、ミシミシと、まるで亡霊《ぼうれい》のうめき声のような音をたてている。

ぼくは寝室《しんしつ》の窓辺《まどべ》へそっと近づくと、外をのぞいた。

お気に入りの新しい庭《にわ》が見える。とってもきれいな庭《にわ》なんだ。ヒマワリの迷《めい》路《ろ》があって、プールがあって、真新《まあたら》しい外のトイレもある。今度《こんど》のトイレは、ドラゴンの形をした生《い》け垣《がき》のうしろに建《た》っている。

ここには魔女《まじょ》はいない。オオカミ男も、水生《すいせい》モンスターもいない。みんな、この庭《にわ》にはふさわしくないからね。

うれしいおとなりさんもできた。モリーは毎日遊《あそ》びに来るし、モリーの父さんもちょくちょくやってくる。おじいちゃんと大のなかよしになったんだ。おばあちゃんの料理《りょうり》さえ、「から・うま」といいながら、おいしそうに食べるんだよ。

でも、なんといっても、ぼくはこの窓《まど》からのながめが気に入っている。月の光に照《て》らされて、波《なみ》が水平線《すいへいせん》に向《む》かってうねりながら遠ざかっていくのが見えるんだ。

そして、たまにじっと目をこらすと、はるか沖《おき》の波間《なみま》から、細長い首がつき出ているのが見える。

もちろん、それが首だってはっきりいい切れるわけじゃないよ。丸太か、古い漁船《ぎょせん》の木のマストか……。ひょっとしたら、ただの思いすごしかもしれないもんね。

それでも、ぼくにはなんとなくわかるような気がするんだ。

作者　ニック・フォーク（Nick Falk）

オーストラリア・タスマニア在住の実践心理学者。著書に本書を含む「サウルスストリート」シリーズ（金の星社）「Billy is a Dragon」シリーズ（日本では未訳）など。

訳者　浜田かつこ

大阪生まれ。大阪府立大学卒業。電機メーカー勤務を経て翻訳に携わる。訳書に『サウルスストリート　大パニック！よみがえる恐竜』『サウルスストリート　タイムトリップ⁉ すすめ！トリケラトプス』『夢見る犬たち 五番犬舎の奇跡』『魔法がくれた時間』『魔術学入門』（以上、金の星社）『広告にだまされないために（池上彰のなるほど！ 現代のメディア）』『堆積岩（大地の動きと岩石・鉱物・化石）』（以上、文溪堂）などがある。

画家　K-SuKe（けいすけ）

埼玉在住。1974年生まれ。2000年にゲーム会社コナミを退職し、以後フリーのイラストレーターとして活躍。主な書籍に『サウルスストリート　大パニック！よみがえる恐竜』『サウルスストリート　タイムトリップ⁉ すすめ！トリケラトプス』（以上、金の星社）『あそぼ！かっこいい!! えさがしあそび』『超冒険迷路～異次元からの妖怪～』（以上、成美堂出版）など。また、近年では特撮番組のデザインにも携わり、「獣電戦隊キョウリュウジャー」「手裏剣戦隊ニンニンジャー」「宇宙戦隊キュウレンジャー」（以上、東映。テレビ朝日系列で放送）などで怪人等のデザインを担当。

サウルスストリート　エラスモサウルス救出大作戦《きゅうしゅつだいさくせん》！

初版発行　　2017年10月

作　者　　ニック・フォーク
訳　者　　浜田かつこ
画　家　　K-SuKe

発行所　　株式会社 金の星社
〒111-0056　東京都台東区小島 1-4-3
TEL 03 (3861) 1861（代表）
FAX 03 (3861) 1507
振替 00100-0-64678
ホームページ　http://www.kinnohoshi.co.jp

製版・印刷　株式会社 廣済堂
製本　　東京美術紙工

NDC933　128p　19.5cm　ISBN978-4-323-05812-2